中国近代文献保护工程

主　编　越生文化
执行主编　陈平原

中国近代文学文献丛刊·诗歌卷
总目　索引

中原出版传媒集团
中原传媒股份公司
河南人民出版社

图书在版编目（CIP）数据

中国近代文学文献丛刊. 诗歌卷总目索引 / 越生文化主编. -- 郑州：河南人民出版社，2019.1
ISBN 978-7-215-11856-0

Ⅰ.①中… Ⅱ.①越… Ⅲ.①诗歌－书目索引－中国－近代 Ⅳ.① I215.01

中国版本图书馆CIP数据核字（2019）第017402号

河南人民出版社出版发行
（地址：郑州市金水东路39号　邮政编码：450016　电话：0371-65788036）
新华书店经销　浙江越生联合出版印刷有限公司印刷
开本　787毫米×1092毫米　1/16　印张　11
字数　107千字
2019年1月第1版　　2019年1月第1次印刷

定价：180.00元

丛书编委会

主　任　陈平原
副主任　陈子善
委　员（按姓氏笔画为序）
　　　　　孙　郁　关爱和　陈思和　张　佤　李　今　李冬木
　　　　　胡晓明　高远东　夏晓虹　解志熙

总　序

◎ 陈平原

　　一个时代学术、思想及文化的进步，取决于创新与守成之间的巨大张力。若以旧时航海为例，前者如高扬的风帆，后者则是沉潜的压舱石。外行只见新旧之间的对峙与碰撞，内行方才明了二者的相辅相成。没有传统根基的创新，不是前途无量、可持续发展的"新"；没有未来导向的守成，也不是蕴藏无限生机、蓄势待发的"旧"。理想的状态，应该是求新求变的异说纷纭，与求稳求真的泰山不移构成合力，且相得益彰。

　　不管守成还是创新，都必须对传统保有某种温情与敬意。这里所说的传统，既是精神境界，也是物质形态——那些记载或蕴涵着史事人物、道德文章、嘉言懿行、人情物理的典籍，是一个民族最值得宝贵的文化遗产。这就难怪，学界、民间及政府均对此高度重视。从1958年国务院在京召开古籍整理出版规划小组成立大会起，这六大任务——整理和出版中国古代名著基本读物、出版重要古籍的集解、整理和出版总集或丛书、出版古籍的今译本、重印/影印古籍、整理和出版有关古籍的工具书——便始终在积极推进中，也取得了耀眼的业绩。再加上近年各种数据库的建立与完善，今人若想读古书（不谈能力及趣味），逐渐变得唾手可得了。

　　相对来说，近代文献的搜集与整理，可就没有这么幸运了。我曾多次提及："中国人说'传统'，往往指的是遥远的过去，比如辛亥革命以前的中国文化，尤其是孔子为代表的儒家；其实，晚清以降的中国文化、思想、学术，早就构

I

成了一个新的传统。可以这么说,以孔夫子为代表的中国文化,是一个伟大的传统;以蔡元培、陈独秀、李大钊、胡适、鲁迅为代表的'五四'新文化,也是一个伟大的传统。某种意义上,对于后一个传统的接纳、反思、批评、拓展,更是当务之急,因其更为切近当下中国人的日常生活,与之血肉相连,更有可能影响其安身立命。"(陈平原《作为一种思想操练的五四》第11—12页,北京大学出版社,2018年)对于后一个传统的"接纳、反思、批评、拓展",必须伴随着近代文献的搜集与整理。可惜目前这方面的工作,尚未上升到国家战略的层面。

考虑到大部分晚清及民国图书的纸张十分脆弱,经不起再三翻阅,很多图书馆已不再出借了。这个时候,采取必要的保护手段,让更多作品能长期保存且传承下去,变得刻不容缓。一代人有一代人的趣味,今人的选择不一定准确,不妨把眼光放远、门槛降低,借助新的技术手段,让更多图书入围,尽可能扩大保护圈。表面上看,这只是出版行为,可背后隐含着学术立场,那就是取"守先待后"的姿态,对历史负责。

史料乃学术之本,没有相对完善的资料积累,学界很难展开深入研究。在此意义上,存一代文献,乃学者及出版社的共同责任。晚清以降出版的众多书籍,近二十年虽也有不少整理与重印,但像"中国近代文学文献丛刊"这样网罗八方,规模宏大的计划,尚属首见。若能顺利完成,则嘉惠学界,功德无量。

编委会同人对此计划十分赞许,愿意投入其间,与越生文化、河南人民出版社通力合作,用十年左右时间,分批分辑,以最大限度保存历史信息的形式,推出大约万种晚清至新中国成立前的文学图书。这里所说的"文学文献",含诗歌、散文、小说、戏剧、文学研究、外国文学译作等六大类。具体操作中,如何面对跨文体写作、文学研究的边界与范围,以及同一作品选择何种(或多种)译本等,这些都考验编者的眼光和趣味,需要在实践中不断摸索与调整。

大型丛书的编纂,对于出版人的勇气、见识与耐力,是个严峻的考验。此外,如何采用新技术,给图书馆及阅读者提供尽可能多的方便,也需要认真斟酬。考虑到丛书篇幅巨大,加上不是一次性推出,即便有索引卷,也会查阅不便。托数字化的福,读者扫描每类各编最后一卷的二维码,可获得本编百册图书目录(可检索)。随着工程的进展,我们会在网上提供已刊图书全部目录,供使用者下载。

不同于书斋里的个人著述,如此规模的文化工程,需要出版人、图书馆、学术界以及广大读者通力合作,再加上政府及民间的支持,方才有可能顺利完成。"开篇"固然不易,"凯旋"实际上更难。中国人喜欢说"有志者事竟成",希望这是真的。

2018年9月9日于京西圆明园花园

目　录

总序 I

总目 1

索引 15

　　书名索引（按首字音序排列）............................. 17

　　书名索引（按首字笔画排列）............................. 35

　　著者索引（按首字音序排列）............................. 45

　　著者索引（按首字笔画排列）............................. 63

附录 75

总目

总目

第1卷
新诗集（第一编）
　　新诗社编辑部 编
尝试集
　　胡　适 著

第2卷
草儿
　　康白情 著

第3卷
大江集
　　胡怀琛 著
新诗年选
　　北　社 编

第4卷
新诗三百首
　　新诗编辑社 编
蕙的风
　　汪静之 著

第5卷
雪朝
　　朱自清　周作人　俞平伯
　　徐玉诺　郭绍虞　叶绍钧
　　刘延陵　郑振铎 著
真结
　　朱采真 著

第6卷
冬夜
　　俞平伯 著

第7卷
恋中心影
　　黄　俊 著
渡河
　　陆志韦 著

第8卷
红烛
　　闻一多 著

第9卷
春水
　　冰　心 著　周作人 编
野火
　　谢采江 著

第10卷
春云
　　绿波社社员 著
流云
　　宗白华 著

第11卷
春的歌集
　　湖畔诗社 编
藐姑射山神人
　　严恩椿 著

第 12 卷
　繁星
　　冰　心　著
　一片
　　卜弋云　著

第 13 卷
　茅屋
　　陈志莘　著
　胡思永的遗诗
　　胡思永　著

第 14 卷
　歧路
　　小说月报社　编
　良夜
　　小说月报社　编
　心琴
　　姜卿云　著

第 15 卷
　眷顾
　　小说月报社　编
　深誓
　　章衣萍　著　吴曙天　编
　残叶
　　贺扬灵　著　霓　僧　编

第 16 卷
　柴火
　　施牧子　著

　忆
　　俞平伯　著

第 17 卷
　清溪
　　徐少声　著
　瓦釜集
　　刘　复　著
　晨曦之前
　　于赓虞　著

第 18 卷
　微痕
　　曹唯非　著

第 19 卷
　为幸福而歌
　　李金发　著

第 20 卷
　过去的恋歌
　　丁　丁　著
　恋歌
　　曹雪松　丁　丁　合编
　海夜歌声
　　柯仲平　著

第 21 卷
　邮吻
　　刘大白　著
　君山

韦丛芜 著
无谱之曲
　　蒋山青 著

第 22 卷
天堂与五月
　　邵洵美 著
旅心
　　穆木天 著

第 23 卷
瓶
　　郭沫若 著
食客与凶年
　　李金发 著

第 24 卷
死前
　　王独清 著
革命花
　　周民钟 著
寂寞的国
　　汪静之 著

第 25 卷
候
　　孟　超 著
花圈
　　杨正宗 著
爱的花园
　　曹雪松 著

第 26 卷
夜莺
　　欧阳兰 著
时代新声
　　卢冀野 编
前茅
　　郭沫若 著

第 27 卷
翡冷翠的一夜
　　徐志摩 著
斜坡
　　曼　尼 著

第 28 卷
香严集
　　瞿飞白 著
死水
　　闻一多 著
春夏秋冬
　　郭子雄 著

第 29 卷
女神
　　郭沫若 著
光慈诗选
　　蒋光慈 著

第 30 卷
露丝
　　谢　康 著

红纱灯
　　冯乃超　著
花一般的罪恶
　　邵洵美　著

第 31 卷
独清诗集
　　王独清　著
梦后
　　冯宪章　著
残梦
　　迦　陵　著

第 32 卷
威尼市
　　王独清　著
鲛人
　　裘柱常　著
受难者的短曲
　　杨　骚　著

第 33 卷
暴风雨的前夜
　　钱杏邨　著
远山集
　　朱仲琴　著
黄花岗上
　　黄药眠　著
梦与眼泪
　　邱韵铎　著
忘川之水

　　采　石　著

第 34 卷
玫瑰
　　陈醉云　著
种树集
　　章衣萍　著
他乡
　　焦菊隐　著

第 35 卷
白蕉
　　白　蕉　著
水晶座
　　钱君匋　著

第 36 卷
五月里的天气
　　张　品　著
我底记忆
　　戴望舒　著
江户流浪曲
　　王文川　著

第 37 卷
秋雨之夜
　　沈心芜　著
蝉之曲
　　王佐才　著

第 38 卷
　再造
　　刘大白 著
　风铃
　　胡行之 著

第 39 卷
　冰块
　　韦丛芜 著
　血与泪
　　江昌绪 著
　农家的草紫
　　何植三 著

第 40 卷
　丁宁
　　刘大白 著
　昨夜之歌
　　马国亮 著

第 41 卷
　良夜与恶梦
　　石　民 著
　战鼓
　　蒋光慈 著

第 42 卷
　海愁
　　张国瑞 著
　影儿集
　　林　憾 著

　梅花
　　李无隅 著

第 43 卷
　转眼
　　张国瑞 著
　流浪者的歌曲
　　程少怀 著
　湖上曲
　　沐　鸿 著

第 44 卷
　他，她
　　洪为法 著
　酸果
　　徐　雉 著
　动荡
　　藻　雪 著

第 45 卷
　火焰
　　西　华 著
　荒土
　　钱杏邨 著
　埃及人
　　王独清 著
　心曲
　　杨　骚 著

第 46 卷
　卖布谣

刘大白 著
生命的火焰
　荪　荃 著
咖啡店的侍女
　温梓川 著

第47卷
秋之泪
　刘大白 著
低诉
　陆晶清 著

第48卷
刹那的慰安
　张子海 著
花要落去
　罗宝册 著
春雨
　卢冀野 著
山花
　刘廷蔚 著

第49卷
小诗选
　秋　雪 选
绿帘
　卢冀野 著
雨
　再　生 著

第50卷
芦灰
　沈思约 著
山雨
　刘廷芳 著

第51卷
寄诗魂
　曹葆华 著
寒笳
　关　萍 著

第52卷
湖风
　虞　琰 著
誓言
　陈伯吹 著
我卖了青春
　张国瑞 著
香吻
　邹　枋 著

第53卷
追寻
　钟天心 著
在旅途中
　沈心芜 著
马路上
　尘　侣 著

第 54 卷
  梦家诗集
    陈梦家 著
  游子的哀歌
    黄曙霞 著
  爱的三部曲
    曾今可 著

第 55 卷
  猛虎集
    徐志摩 著
  时代祭
    李白英 著
  火流
    陈此生 著

第 56 卷
  新月诗选
    陈梦家 编

第 57 卷
  梦乡曲
    孙毓棠 著
  桃色三三曲
    王皎我 著

第 58 卷
  忘忧草(前集)
    王一心　李英樵 合著
  圣母像前
    王独清 著
  出狱之前
    沧海 著
  紫烟
    紫烟 著

第 59 卷
  诗琴响了
    黎青主 著
  小姑娘
    葛又华 著

第 60 卷
  刘宇诗选
    刘　宇 著　沈从文 编
  出哨
    林重映 著
  煅炼
    王独清 著
  女朋友们的诗
    云　裳 编
  血泪
    卢葆华 著

第 61 卷
  海夜上
    许跻青 著
  我的杯
    刘廷蔚 著
  落英
    冷　泉 著

第 62 卷
雨天
　　许寿民 编
新生
　　程鲁丁 著
塞外
　　杨天泪 著　许寿民 主编

第 63 卷
在山诗白
　　唐国樑 著
九一八的薤露歌
　　吴　博 著
游子吟
　　钟天心 著

第 64 卷
灯光
　　许寿民 编
血影
　　也　夫 著
月夜
　　许寿民 主编

第 65 卷
冰心诗集
　　冰　心 著

第 66 卷
狮子吼
　　王平陵 著

碎鞋诗集
　　臧亦蘧 著

第 67 卷
落日颂
　　曹葆华 著
西爪集
　　张亚珠 著
影
　　李唯建 著

第 68 卷
两颗星
　　曾今可 著
写景诗
　　朱剑芒　陈霭麓 编
　　刘大白 主编
吻波诗集
　　杨吻波 著

第 69 卷
三秋草
　　卞之琳 著
心跳进行曲
　　沙　蕾 著
白衣血浪
　　史　轮 著

第 70 卷
幸福的哀歌
　　何德明 著

祈祷
　李唯建 著
知行诗歌集
　陶知行 著

第71卷
流浪之歌
　顾青海 著
白莲泾
　张廷铮　郑宏述　过立先 著

第72卷
望舒草
　戴望舒 著
嘤嘤诗集
　徐庆誉 著

第73卷
春的感伤
　杨　骚 著
火把已成了烬灰
　陈龢焜 著
细雨集
　李季和 著

第74卷
伐木集
　汪　震 著
今晚零落
　心　丁 著
呼声

　陈露茜 选　李剑萍 编

第75卷
日出之前
　彭子蕴 著
零乱章
　王独清 著

第76卷
这工头阿桂
　洪为法 著
唏嘘
　蒋灵林 著
海
　葛贤宁 著

第77卷
影像集
　拾　名 著
泡沫集
　汪蔚云 著
秋山草
　吴秋山 著

第78卷
烙印
　臧克家 著
石承的诗
　章石承 著
花梦集
　马化龙 著

湖畔小诗
　　谢乐人 著

第 79 卷
承道的诗
　　雷承道 著
生命底微痕
　　柳　倩 著

第 80 卷
世纪的脸
　　于赓虞 著
柔梦帖
　　陆印全 著
罪恶的黑手
　　臧克家 著

第 81 卷
志浩诗集
　　何志浩 著

第 82 卷
月亮的绘画
　　陈醉云 著
火葬
　　阎重楼 著
信号
　　张白衣 著

第 83 卷
茫茫夜
　　蒲　风 著
坍塌的古城
　　马子华 著
黑人
　　李邨哲 著

第 84 卷
荒村
　　葛贤宁 著
死灰
　　阎重楼 著
离曲
　　谢厥成 著

第 85 卷
易士诗集
　　路易士 著
血花
　　阎重楼 著
宇宙的统治
　　梁　格 著
柳絮诗歌
　　柳絮诗歌研究社 编

第 86 卷
她的生命
　　生活书店编译所 编
单恋
　　侯觉民 著
落月集
　　田植萍 著

第 87 卷
　招魂
　　长　庚 著
　中华现代文学选（第二册）
　　王梅痕 编

第 88 卷
　毋忘草
　　常任侠 著
　暴风雨的一夕
　　姚名达 主编
　逝水集
　　芍　印 著

第 89 卷
　逃难人
　　王景秀 著
　菱塘岸
　　吴　汶 著
　都市的冬
　　王亚平 著

第 90 卷
　注释现代诗歌选
　　王梅痕 编
　遗赠
　　王梅痕 著
　劝俗新诗
　　胡寄尘 编　吕金录 主编
　路工之歌
　　江岳浪 著

第 91 卷
　宇宙之歌
　　陈子鹄 著
　知行诗歌续集
　　陶行知 著

第 92 卷
　秋天集
　　邵冠华 著
　饥饿
　　郭伯泰 著
　未明集
　　田　间 著

第 93 卷
　给我们自己
　　林绍崙 著
　水磨集
　　贾　芝 著
　知行诗歌别集
　　陶行知 著

第 94 卷
　行过之生命
　　路易士 著

第 95 卷
　生之战争（绍华诗二集）
　　唐绍华 著
　王独清诗歌代表作
　　王独清 著

海滨集
　　钟文殊 著

第 96 卷

六月流火
　　蒲 风 著

鱼目集
　　卞之琳 著

孤帆的诗
　　孤 帆 著

第 97 卷

北平情歌
　　林 庚 著

黎明前奏曲（第一集）
　　沈 旭 著

孤吊
　　许子曙 著

珠贝集
　　辛 笛 辛 谷 著

第 98 卷

蝙蝠集
　　金克木 著

我们的堡
　　温 流 著

第 99 卷

诗二十五首
　　邵洵美 著

永言集
　　朱 湘 著

龙涎
　　罗念生 著

第 100 卷

海上谣
　　侯汝华 著

漫步
　　陈更鱼 著

我们的手
　　李鲁人 著

囚徒之歌
　　冯白鲁 著

索引

书名索引

（按首字音序排列）

A

āi

埃
  埃及人　　　　　　　45-159

ài

爱
  爱的花园　　　　　　25-215
  爱的三部曲　　　　　54-235

B

bái

白
  白蕉　　　　　　　　35-001
  白衣血浪　　　　　　69-201
  白莲泾　　　　　　　71-119

bào

暴
  暴风雨的前夜　　　　33-001
  暴风雨的一夕　　　　88-097

běi

北
  北平情歌　　　　　　97-001

biān

蝙
  蝙蝠集　　　　　　　98-001

bīng

冰

冰块 39-001
冰心诗集 65-001

C

cán

残
　残叶 15-223
　残梦 31-195

cǎo

草
　草儿 2-001

chà

刹
　刹那的慰安 48-001

chái

柴
　柴火 16-001

chán

蝉
　蝉之曲 37-107

cháng

尝
　尝试集 1-121

chén

晨
　晨曦之前 17-175

chéng

承
　承道的诗 79-001

chū

出
　出狱之前 58-185
　出哨 60-093

chūn

春
　春水 9-001
　春云 10-001
　春的歌集 11-001
　春夏秋冬 28-225
　春雨 48-195
　春的感伤 73-001

D

dà
大
  大江集 3-001

dān
单
  单恋 86-213

dēng
灯
  灯光 64-001

dī
低
  低诉 47-231

dīng
丁
  丁宁 40-001

dōng
冬
  冬夜 6-001

dòng
动
  动荡 44-183

dū
都
  都市的冬 89-187

dú
独
  独清诗集 31-001

dù
渡
  渡河 7-127

duàn
煅
  煅炼 60-149

F

fá

伐
伐木集　　　　　　　74-001

fán

繁
繁星　　　　　　　　12-001

fěi

翡
翡冷翠的一夜　　　　27-001

fēng

风
风铃　　　　　　　　38-235

G

gé

革
革命花　　　　　　　24-055

gěi

给
给我们自己　　　　　93-001

gū

孤
孤帆的诗　　　　　　96-251
孤吊　　　　　　　　97-209

guāng

光
光慈诗选　　　　　　29-291

guò

过
过去的恋歌　　　　　20-001

H

hǎi

海
海夜歌声　　　　　　20-211
海愁　　　　　　　　42-001
海夜上　　　　　　　61-001
海　　　　　　　　　76-171

hǎi—huì

海滨集   95-245
海上谣   100-001

hán

寒
寒笳   51-237

hēi

黑
黑人   83-269

hóng

红
红烛   8-001
红纱灯   30-173

hòu

候
候   25-001

hū

呼
呼声   74-227

hú

胡
胡思永的遗诗   13-159

湖
湖上曲   43-175
湖风   52-001
湖畔小诗   78-247

huā

花
花圈   25-139
花一般的罪恶   30-313
花要落去   48-055
花梦集   78-181

huāng

荒
荒土   45-065
荒村   84-001

huáng

黄
黄花岗上   33-115

huì

蕙

蕙的风   4-083

huǒ

火
火焰   45-001
火流   55-223
火把已成了烬灰   73-147
火葬   82-027

J

jī

饥
饥饿   92-053

jì

寂
寂寞的国   24-153
寄
寄诗魂   51-001

jiāng

江
江户流浪曲   36-167

jiāo

鲛
鲛人   32-083

jīn

今
今晚零落   74-145

jiǔ

九
九一八的薤露歌   63-115

juàn

眷
眷顾   15-001

jūn

君
君山   21-115

K

kā

咖

咖啡店的待女	46-203

L

lào

烙
烙印	78-001

lí

离
离曲	84-203

黎
黎明前奏曲（第一集）	97-091

liàn

恋
恋中心影	7-001
恋歌	20-085

liáng

良
良夜	14-073
良夜与恶梦	41-001

liǎng

两
两颗星	68-001

líng

零
零乱章	75-241

菱
菱塘岸	89-097

liú

流
流云	10-249
流浪者的歌曲	43-037
流浪之歌	71-001

刘
刘宇诗选	60-001

liǔ

柳
柳絮诗歌	85-251

liù

六
六月流火	96-001

lóng

龙
　龙涎　　　　　　　99-203

lú

芦
　芦灰　　　　　　　50-001

lù

露
　露丝　　　　　　　30-001

路
　路工之歌　　　　　90-249

luò

落
　落英　　　　　　　61-255
　落日颂　　　　　　67-001
　落月集　　　　　　86-253

lǚ

旅
　旅心　　　　　　　22-175

lù

绿
　绿帘　　　　　　　49-201

M

mǎ

马
　马路上　　　　　　53-219

mài

卖
　卖布谣　　　　　　46-001

màn

漫
　漫步　　　　　　　100-101

máng

茫
　茫茫夜　　　　　　83-001

máo

茅

茅屋 13-001

méi

玫
玫瑰 34-001

梅
梅花 42-215

měng

猛
猛虎集 55-001

mèng

梦
梦后 31-077
梦与眼泪 33-227
梦家诗集 54-001
梦乡曲 57-001

miǎo

藐
藐姑射山神人 11-217

N

nóng

农
农家的苣紫 39-169

nǚ

女
女神 29-001
女朋友们的诗 60-199

P

pào

泡
泡沫集 77-097

píng

瓶
瓶 23-001

Q

qí

歧
歧路　　　　　　　　14-001

祈
祈祷　　　　　　　　70-029

qián

前
前茅　　　　　　　　26-263

qīng

清
清溪　　　　　　　　17-001

qiū

秋
秋雨之夜　　　　　　37-001
秋之泪　　　　　　　47-001
秋山草　　　　　　　77-287
秋天集　　　　　　　92-001

qiú

囚
囚徒之歌　　　　　　100-259

quàn

劝
劝俗新诗　　　　　　90-227

R

rì

日
日出之前　　　　　　75-001

róu

柔
柔梦帖　　　　　　　80-179

S

sài

塞
塞外　　　　　　　　62-195

sān

三
- 三秋草   69-001

shān

山
- 山花   48-261
- 山雨   50-157

shēn

深
- 深誓   15-119

shēng

生
- 生命的火焰   46-071
- 生命底微痕   79-223
- 生之战争（绍华诗二集）   95-001

shèng

圣
- 圣母像前   58-085

shī

诗
- 诗琴响了   59-001
- 诗二十五首   99-001

狮
- 狮子吼   66-001

shí

食
- 食客与凶年   23-097

时
- 时代新声   26-063
- 时代祭   55-155

石
- 石承的诗   78-089

shì

誓
- 誓言   52-097

世
- 世纪的脸   80-001

逝
- 逝水集   88-209

shòu

受
- 受难者的短曲   32-205

shuǐ

水
- 水晶座　　　35-225
- 水磨集　　　93-081

sǐ

死
- 死前　　　24-001
- 死水　　　28-125
- 死灰　　　84-145

suān

酸
- 酸果　　　44-053

suì

碎
- 碎鞋诗集　　　66-171

T

tā

他
- 他乡　　　34-275
- 他,她　　　44-001

她
- 她的生命　　　86-001

tān

坍
- 坍塌的古城　　　83-145

táo

桃
- 桃色三三曲　　　57-067

逃
- 逃难人　　　89-001

tiān

天
- 天堂与五月　　　22-001

W

wǎ

瓦
- 瓦釜集　　　17-065

wáng

王

王独清诗歌代表作　　95-049

wàng

忘
　忘川之水　　33-287
　忘忧草（前集）　　58-001
望
　望舒草　　72-001

wēi

微
　微痕　　18-001
威
　威尼市　　32-001

wèi

为
　为幸福而歌　　19-001
未
　未明集　　92-181

wěn

吻
　吻波诗集　　68-233

wǒ

我
　我底记忆　　36-083
　我卖了青春　　52-227
　我的杯　　61-189
　我们的堡　　98-215
　我们的手　　100-173

wú

无
　无谱之曲　　21-265
毋
　毋忘草　　88-001

wǔ

五
　五月里的天气　　36-001

X

xī

西
　西爪集　　67-105
唏
　唏嘘　　76-057

xì

细
细雨集 73-249

xiāng

香
香严集 28-001
香吻 52-301

xiǎo

小
小诗选 49-001
小姑娘 59-191

xié

斜
斜坡 27-161

xiě

写
写景诗 68-133

xīn

新
新诗集（第一编） 1-001
新诗年选 3-111
新诗三百首 4-001
新月诗选 56-001
新生 62-131

心
心琴 14-149
心曲 45-209
心跳进行曲 69-059

xìn

信
信号 82-087

xíng

行
行过之生命 94-001

xìng

幸
幸福的哀歌 70-001

xuě

雪
雪朝 5-001

xuè

血
- 血与泪   39-085
- 血泪   60-265
- 血影   64-131
- 血花   85-095

Y

yě

野
- 野火   9-169

yè

夜
- 夜莺   26-001

yī

一
- 一片   12-097

yí

遗
- 遗赠   90-109

yì

忆
- 忆   16-177

易
- 易士诗集   85-001

yīng

嘤
- 嘤嘤诗集   72-145

yǐng

影
- 影儿集   42-077
- 影   67-271
- 影像集   77-001

yǒng

永
- 永言集   99-095

yóu

邮
- 邮吻   21-001

游
- 游子的哀歌   54-147
- 游子吟   63-241

yú

鱼
鱼目集 96-153

yǔ

雨
雨 49-255
雨天 62-001

宇
宇宙的统治 85-149
宇宙之歌 91-001

yuǎn

远
远山集 33-069

yuè

月
月夜 64-201
月亮的绘画 82-001

Z

zài

再
再造 38-001

在
在旅途中 53-145
在山诗白 63-001

zhàn

战
战鼓 41-127

zhāo

招
招魂 87-001

zhè

这
这工头阿桂 76-001

zhēn

真
真结 5-199

zhī

知
知行诗歌集 70-179
知行诗歌续集 91-191
知行诗歌别集 93-155

zhì

志
  志浩诗集   81-001

zhōng

中
  中华现代文学选（第二册）87-161

zhòng

种
  种树集   34-145

zhū

珠
  珠贝集   97-281

zhù

注
  注释现代诗歌选   90-001

zhuǎn

转
  转眼   43-001

zhuī

追
  追寻   53-001

zǐ

紫
  紫烟   58-273

zuì

罪
  罪恶的黑手   80-249

zuó

昨
  昨夜之歌   40-229

书名索引

（按首字笔画排列）

一画

一
 一片   12-097

二画

丁
 丁宁   40-001
九
 九一八的薤露歌   63-115

三画

大
 大江集   3-001
马
 马路上   53-219

女
 女神   29-001
 女朋友们的诗   60-199
三
 三秋草   69-001
山
 山花   48-261
 山雨   50-157
小
 小诗选   49-001
 小姑娘   59-191

四画

风
 风铃   38-235
火
 火焰   45-001
 火流   55-223
 火把已成了烬灰   73-147
 火葬   82-027

四画—五画

今
今晚零落　　　　　　74-145

六
六月流火　　　　　　96-001

劝
劝俗新诗　　　　　　90-227

日
日出之前　　　　　　75-001

水
水晶座　　　　　　　35-225
水磨集　　　　　　　93-081

天
天堂与五月　　　　　22-001

瓦
瓦釜集　　　　　　　17-065

王
王独清诗歌代表作　　95-049

为
为幸福而歌　　　　　19-001

无
无谱之曲　　　　　　21-265

毋
毋忘草　　　　　　　88-001

五
五月里的天气　　　　36-001

心
心琴　　　　　　　　14-149
心曲　　　　　　　　45-209
心跳进行曲　　　　　69-059

忆
忆　　　　　　　　　16-177

月
月夜　　　　　　　　64-201
月亮的绘画　　　　　82-001

中
中华现代文学选（第二册）87-161

五画

白
白蕉　　　　　　　　35-001
白衣血浪　　　　　　69-201
白莲泾　　　　　　　71-119

北
北平情歌　　　　　　97-001

出
出狱之前　　　　　　58-185
出哨　　　　　　　　60-093

冬
冬夜　　　　　　　　6-001

饥
饥饿　　　　　　　　92-053

龙
龙涎　　　　　　　　99-203

囚
囚徒之歌　　　　　　100-259

生
生命的火焰　　　　　46-071
生命底微痕　　　　　79-223
生之战争（绍华诗二集）　95-001

圣

五画—六画

圣母像前　　　　58-085
石
　　石承的诗　　　　78-089
世
　　世纪的脸　　　　80-001
他
　　他乡　　　　　　34-275
　　他, 她　　　　　44-001
未
　　未明集　　　　　92-181
写
　　写景诗　　　　　68-133
永
　　永言集　　　　　99-095

六画

冰
　　冰块　　　　　　39-001
　　冰心诗集　　　　65-001
灯
　　灯光　　　　　　64-001
动
　　动荡　　　　　　44-183
伐
　　伐木集　　　　　74-001
光
　　光慈诗选　　　　29-291
过
　　过去的恋歌　　　20-001

红
　　红烛　　　　　　8-001
　　红纱灯　　　　　30-173
江
　　江户流浪曲　　　36-167
刘
　　刘宇诗选　　　　60-001
农
　　农家的草紫　　　39-169
死
　　死前　　　　　　24-001
　　死水　　　　　　28-125
　　死灰　　　　　　84-145
她
　　她的生命　　　　86-001
西
　　西瓜集　　　　　67-105
行
　　行过之生命　　　94-001
血
　　血与泪　　　　　39-085
　　血泪　　　　　　60-265
　　血影　　　　　　64-131
　　血花　　　　　　85-095
宇
　　宇宙的统治　　　85-149
　　宇宙之歌　　　　91-001
再
　　再造　　　　　　38-001
在
　　在旅途中　　　　53-145

在山诗白	63-001

七画

低
低诉	47-231

花
花圈	25-139
花一般的罪恶	30-313
花要落去	48-055
花梦集	78-181

君
君山	21-115

良
良夜	14-073
良夜与恶梦	41-001

两
两颗星	68-001

芦
芦灰	50-001

时
时代新声	26-063
时代祭	55-155

坍
坍塌的古城	83-145

忘
忘川之水	33-287
忘忧草（前集）	58-001

吻
吻波诗集	68-233

我
我底记忆	36-083
我卖了青春	52-227
我的杯	61-189
我们的堡	98-215
我们的手	100-173

邮
邮吻	21-001

远
远山集	33-069

这
这工头阿桂	76-001

志
志浩诗集	81-001

八画

刹
刹那的慰安	48-001

承
承道的诗	79-001

单
单恋	86-213

孤
孤帆的诗	96-251
孤吊	97-209

呼
呼声	74-227

咖
咖啡店的待女	46-203

卖	
卖布谣	46-001
茅	
茅屋	13-001
玫	
玫瑰	34-001
泡	
泡沫集	77-097
歧	
歧路	14-001
祈	
祈祷	70-029
诗	
诗琴响了	59-001
诗二十五首	99-001
受	
受难者的短曲	32-205
细	
细雨集	73-249
幸	
幸福的哀歌	70-001
夜	
夜莺	26-001
易	
易士诗集	85-001
鱼	
鱼目集	96-153
雨	
雨	49-255
雨天	62-001
招	
招魂	87-001
知	
知行诗歌集	70-179
知行诗歌续集	91-191
知行诗歌别集	93-155
注	
注释现代诗歌选	90-001
转	
转眼	43-001

九画

残	
残叶	15-223
残梦	31-195
草	
草儿	2-001
尝	
尝试集	1-121
春	
春水	9-001
春云	10-001
春的歌集	11-001
春夏秋冬	28-225
春雨	48-195
春的感伤	73-001
独	
独清诗集	31-001
革	
革命花	24-055

给
给我们自己　　　93-001
胡
胡思永的遗诗　　13-159
荒
荒土　　　　　　45-065
荒村　　　　　　84-001
柳
柳絮诗歌　　　　85-251
茫
茫茫夜　　　　　83-001
前
前茅　　　　　　26-263
秋
秋雨之夜　　　　37-001
秋之泪　　　　　47-001
秋山草　　　　　77-287
秋天集　　　　　92-001
柔
柔梦帖　　　　　80-179
狮
狮子吼　　　　　66-001
食
食客与凶年　　　23-097
逃
逃难人　　　　　89-001
威
威尼市　　　　　32-001
香
香严集　　　　　28-001
香吻　　　　　　52-301

信
信号　　　　　　82-087
战
战鼓　　　　　　41-127
种
种树集　　　　　34-145
追
追寻　　　　　　53-001
昨
昨夜之歌　　　　40-229

十画

埃
埃及人　　　　　45-159
爱
爱的花园　　　　25-215
爱的三部曲　　　54-235
柴
柴火　　　　　　16-001
都
都市的冬　　　　89-187
海
海夜歌声　　　　20-211
海愁　　　　　　42-001
海夜上　　　　　61-001
海　　　　　　　76-171
海滨集　　　　　95-245
海上谣　　　　　100-001
候

十画

候

候　　　　　　　　　25-001

烙

烙印　　　　　　　　78-001

离

离曲　　　　　　　　84-203

恋

恋中心影　　　　　　7-001

恋歌　　　　　　　　20-085

流

流云　　　　　　　　10-249

流浪者的歌曲　　　　43-037

流浪之歌　　　　　　71-001

旅

旅心　　　　　　　　22-175

瓶

瓶　　　　　　　　　23-001

逝

逝水集　　　　　　　88-209

桃

桃色三三曲　　　　　57-067

唏

唏嘘　　　　　　　　76-057

真

真结　　　　　　　　5-199

珠

珠贝集　　　　　　　97-281

十一画

晨

晨曦之前　　　　　　17-175

黄

黄花岗上　　　　　　33-115

寂

寂寞的匡　　　　　　24-153

寄

寄诗魂　　　　　　　51-001

眷

眷顾　　　　　　　　15-001

菱

菱塘岸　　　　　　　89-097

绿

绿帘　　　　　　　　49-201

梅

梅花　　　　　　　　42-215

猛

猛虎集　　　　　　　55-001

梦

梦后　　　　　　　　31-077

梦与眼泪　　　　　　33-227

梦家诗集　　　　　　54-001

梦乡曲　　　　　　　57-001

清

清溪　　　　　　　　17-001

深

深誓　　　　　　　　15-119

望

望舒草　　　　　　　72-001

斜

斜坡　　　　　　　　27-161

雪

雪朝	5-001			
野			**十三画**	
野火	9-169			
			煅	
十二画			煅炼	60-149
			零	
渡			零乱章	75-241
渡河	7-127		**路**	
寒			路工之歌	90-249
寒笳	51-237		**塞**	
黑			塞外	62-195
黑人	83-269		**碎**	
湖			碎鞋诗集	66-171
湖上曲	43-175		**微**	
湖风	52-001		微痕	18-001
湖畔小诗	78-247		**新**	
落			新诗集（第一编）	1-001
落英	61-255		新诗年选	3-111
落日颂	67-001		新诗三百首	4-001
落月集	86-253		新月诗选	56-001
遗			新生	62-131
遗赠	90-109		**罪**	
游			罪恶的黑手	80-249
游子的哀歌	54-147			
游子吟	63-241		**十四画**	
紫				
紫烟	58-273		**蝉**	
			蝉之曲	37-107
			翡	

翡冷翠的一夜	27-001
鲛	
鲛人	32-083
漫	
漫步	100-101
誓	
誓言	52-097
酸	
酸果	44-053
嘤	
嘤嘤诗集	72-145

十五画

暴	
暴风雨的前夜	33-001
暴风雨的一夕	88-097
蝠	
蝙蝠集	98-001
蕙	
蕙的风	4-083
黎	
黎明前奏曲(第一集)	97-091
影	
影儿集	42-077
影	67-271
影像集	77-001

十七画

繁	
繁星	12-001
藐	
藐姑射山神人	11-217

二十一画

露	
露丝	30-001

著者索引
(按首字音序排列)

B

bái

白
 白蕉
  白蕉 著   35-001

běi

北
 北社
  新诗年选 编   3-111

biàn

卞
 卞之琳
  三秋草 著   69-001
  鱼目集 著   96-153

bīng

冰
 冰 心
  春水 著   9-001
  繁星 著   12-001
  冰心诗集 著   65-001

bǔ

卜
 卜弋云
  一片 著   12-097

C

cǎi

采
 采 石
  忘川之水 著   33-287

cāng

沧
　沧　海
　　出狱之前 著　　　58-185

cáo

曹
　曹葆华
　　寄诗魂 著　　　51-001
　　落日颂 著　　　67-001
　曹唯非
　　微痕 著　　　18-001
　曹雪松
　　恋歌 编　　　20-085
　　爱的花园 著　　　25-215

cháng

长
　长　庚
　　招魂 著　　　87-001
常
　常任侠
　　毋忘草 著　　　88-001

chén

尘
　尘　侣
　　马路上 著　　　53-219
陈
　陈霭麓
　　写景诗 编　　　68-133
　陈伯吹
　　誓言 著　　　52-097
　陈此生
　　火流 著　　　55-223
　陈更鱼
　　漫步 著　　　100-101
　陈穌焜
　　火把已成了烬灰 著　　　73-147
　陈露茜
　　呼声 选　　　74-227
　陈梦家
　　梦家诗集 著　　　54-001
　　新月诗选 编　　　56-001
　陈志莘
　　茅屋 著　　　13-001
　陈子鹄
　　宇宙之歌 著　　　91-001
　陈醉云
　　玫瑰 著　　　34-001
　　月亮的绘画 著　　　82-001

chéng

程
　程鲁丁
　　新生 著　　　62-131
　程少怀

流浪者的歌曲 著　　43-037

D
dài

戴
　戴望舒
　　我底记忆 著　　36-083
　　望舒草 著　　72-001

dīng

丁
　丁丁
　　过去的恋歌 著　　20-001
　　恋歌 编　　20-085

F
féng

冯
　冯白鲁
　　囚徒之歌 著　　100-259
　冯乃超
　　红纱灯 著　　30-173
　冯宪章
　　梦后 著　　31-077

G
gě

葛
　葛贤宁
　　海 著　　76-171
　　荒村 著　　84-001
　葛又华
　　小姑娘 著　　59-191

gū

孤
　孤帆
　　孤帆的诗 著　　96-251

gù

顾
　顾青海
　　流浪之歌 著　　71-001

guān

关
　关萍
　　寒笳 著　　51-237

guō

郭
- 郭伯恭
  - 饥饿 著   92-053
- 郭沫若
  - 瓶 著   23-001
  - 前茅 著   26-263
  - 女神 著   29-001
- 郭绍虞
  - 雪朝 著   5-001
- 郭子雄
  - 春夏秋冬 著   28-225

过
- 过立先
  - 白莲泾 著   71-119

H

hé

何
- 何德明
  - 幸福的哀歌 著   70-001
- 何植三
  - 农家的草紫 著   39-169
- 何志浩
  - 志浩诗集 著   81-001

hè

贺
- 贺扬灵
  - 残叶 著   15-223

hóng

洪
- 洪为法
  - 他,她 著   44-001
  - 这工头阿桂 著   76-001

hóu

侯
- 侯觉民
  - 单恋 著   86-213
- 侯汝华
  - 海上谣 著   100-001

hú

胡
- 胡怀琛
  - 大江集 著   3-001
- 胡寄尘
  - 劝俗新诗 编   90-227
- 胡适
  - 尝试集 著   1-121
- 胡思永

胡思永的遗诗 著　　13-159
胡行之
　　风铃 著　　38-235
湖
　湖畔诗社
　　春的歌集 编　　11-001

huáng

黄
　黄　俊
　　恋中心影 著　　7-001
　黄曙霞
　　游子的哀歌 著　　54-147
　黄药眠
　　黄花岗上 著　　33-115

J

jiā

迦
　迦　陵
　　残梦 著　　31-195

jiǎ

贾
　贾　芝
　　水磨集 著　　93-081

jiāng

姜
　姜卿云
　　心琴 著　　14-149
江
　江昌绪
　　血与泪 著　　39-085
　江岳浪
　　路工之歌 著　　90-249

jiǎng

蒋
　蒋光慈
　　光慈诗选 著　　29-291
　　战鼓 著　　41-127
　蒋灵林
　　唏嘘 著　　76-057
　蒋山青
　　无谱之曲 著　　21-265

jiāo

焦
　焦菊隐
　　他乡 著　　34-275

jīn

金
- 金克木
  - 蝙蝠集 著　　　　　　98-001

K

kāng

康
- 康白情
  - 草儿 著　　　　　　　2-001

kē

柯
- 柯仲平
  - 海夜歌声 著　　　　　20-211

L

léi

雷
- 雷承道
  - 承道的诗 著　　　　　79-001

lěng

冷
- 冷泉
  - 落英 著　　　　　　　61-255

lí

黎
- 黎青主
  - 诗琴响了 著　　　　　59-001

lǐ

李
- 李白英
  - 时代祭 著　　　　　　55-155
- 李邨哲
  - 黑人 著　　　　　　　83-269
- 李季和
  - 细雨集 著　　　　　　73-249
- 李剑萍
  - 呼声 编　　　　　　　74-227
- 李金发
  - 为幸福而歌 著　　　　19-001
  - 食客与凶年 著　　　　23-097
- 李鲁人
  - 我们的手 著　　　　　100-173
- 李唯建
  - 影 著　　　　　　　　67-271
  - 祈祷 著　　　　　　　70-029

李无隅
　　梅花　著　　　　　42-215
李英樵
　　忘忧草（前集）　著　58-001

liáng

梁
　梁　格
　　宇宙的统治　著　　85-149

lín

林
　林重映
　　出哨　著　　　　　60-093
　林　庚
　　北平情歌　著　　　97-001
　林　憾
　　影儿集　著　　　　42-077
　林绍崙
　　给我们自己　著　　93-001

liú

刘
　刘大白
　　邮吻　著　　　　　21-001
　　再造　著　　　　　38-001
　　丁宁　著　　　　　40-001
　　卖布谣　著　　　　46-001

　　秋之泪　著　　　　47-001
　　写景诗　主编　　　68-133
　刘　复
　　瓦釜集　著　　　　17-065
　刘廷芳
　　山雨　著　　　　　50-157
　刘廷蔚
　　山花　著　　　　　48-261
　　我的杯　著　　　　61-189
　刘延陵
　　雪朝　著　　　　　5-001
　刘　宇
　　刘宇诗选　著　　　60-001

liǔ

柳
　柳　倩
　　生命底微痕　著　　79-223
　柳絮诗歌研究社
　　柳絮诗歌　编　　　85-251

lú

卢
　卢葆华
　　血泪　著　　　　　60-265
　卢冀野
　　时代新声　编　　　26-063
　　春雨　著　　　　　48-195
　　绿帘　著　　　　　49-201

lù

陆

陆晶清
 低诉 著   47-231

陆印全
 柔梦帖 著   80-179

陆志韦
 渡河 著   7-127

路

路易士
 易士诗集 著   85-001
 行过之生命 著   94-001

luó

罗

罗宝册
 花要落去 著   48-055

罗念生
 龙涎 著   99-203

lǚ

吕

吕金录
 劝俗新诗 主编   90-227

lǜ

绿

绿波社社员
 春云 著   10-001

M

mǎ

马

马国亮
 昨夜之歌 著   40-229

马化龙
 花梦集 著   78-181

马子华
 坍塌的古城 著   83-145

màn

曼

曼尼
 斜坡 著   27-161

mèng

孟

孟超
 候 著   25-001

mù

穆

穆木天
 旅心 著   22-175

沐
 沐 鸿
  湖上曲 著   43-175

N

ní

霓
 霓 僧
  残叶 编   15-223

O

ōu

欧
 欧阳兰
  夜莺 著   26-001

P

péng

彭
 彭子蕴

  日出之前 著   75-001

pú

蒲
 蒲 风
  茫茫夜 著   83-001
  六月流火 著   96-001

Q

qián

钱
 钱君匋
  水晶座 著   35-225
 钱杏邨
  暴风雨的前夜 著   33-001
  荒土 著   45-065

qiū

邱
 邱韵铎
  梦与眼泪 著   33-227

秋
 秋 雪
  小诗选 选   49-001

qiú

裘

裘柱常
　鲛人　著　　32-083

qú

瞿

瞿飞白
　香严集　著　　28-001

S

shā

沙

沙蕾
　心跳进行曲　著　　69-059

sháo

芍

芍印
　逝水集　著　　88-209

shào

邵

邵冠华
　秋天集　著　　92-001

邵洵美
　天堂与五月　著　　22-001
　花一般的罪恶　著　　30-313
　诗二十五首　著　　99-001

shěn

沈

沈从文
　刘宇诗选　编　　60-001
沈思约
　芦灰　著　　50-001
沈心芜
　秋雨之夜　著　　37-001
　在旅途中　著　　53-145
沈　旭
　黎明前奏曲（第一集）　著
　　　　　　　　　97-091

shēng

生

生活书店编译所
　她的生命　编　　86-001

shī

施

施牧子
　柴火　著　　16-001

shí

石
  石 民
    良夜与恶梦 著　　41-001

拾
  拾 名
    影像集 著　　77-001

shǐ

史
  史 轮
    白衣血浪 著　　69-201

sūn

荪
  荪 荃
    生命的火焰 著　　46-071

孙
  孙毓棠
    梦乡曲 著　　57-001

T

táng

唐
  唐国樑
    在山诗白 著　　63-001
  唐绍华
    生之战争（绍华诗二集）著　　95-001

táo

陶
  陶行知
    知行诗歌续集 著　　91-191
    知行诗歌别集 著　　93-155
  陶知行
    知行诗歌集 著　　70-179

tián

田
  田 间
    未明集 著　　92-181
  田植萍
    落月集 著　　86-253

W

wāng

汪
  汪静之
    蕙的风 著　　4-083
    寂寞的国 著　　24-153

汪蔚云
 泡沫集 著   77-097
汪 震
 伐木集 著   74-001

wáng

王
 王独清
  死前 著   24-001
  独清诗集 著   31-001
  威尼市 著   32-001
  埃及人 著   45-159
  圣母像前 著   58-085
  煅炼 著   60-149
  零乱章 著   75-241
  王独清诗歌代表作 著
         95-049
 王皎我
  桃色三三曲 著   57-067
 王景秀
  逃难人 著   89-001
 王梅痕
  中华现代文学选（第二册）编
         87-161
  注释现代诗歌选 编   90-001
  遗赠 著   90-109
 王平陵
  狮子吼 著   66-001
 王文川
  江户流浪曲 著   36-167

 王亚平
  都市的冬 著   89-187
 王一心
  忘忧草（前集）著   58-001
 王佐才
  蝉之曲 著   37-107

wéi

韦
 韦丛芜
  君山 著   21-115
  冰块 著   39-001

wēn

温
 温 流
  我们的堡 著   98-215
 温梓川
  咖啡店的侍女 著   46-203

wén

闻
 闻一多
  红烛 著   8-001
  死水 著   28-125

wú

吴

吴 博
 九一八的薤露歌 著   63-115

吴秋山
 秋山草 著   77-287

吴曙天
 深誓 编   15-119

吴 汶
 菱塘岸 著   89-097

X

xī

西

西 华
 火焰 著   45-001

xiǎo

小

小说月报社
 歧路 编   14-001
 良夜 编   14-073
 眷顾 编   15-001

xiè

谢

谢采江
 野火 著   9-169

谢厥成
 离曲 著   84-203

谢 康
 露丝 著   30-001

谢乐人
 湖畔小诗 著   78-247

xīn

新

新诗编辑社
 新诗三百首 编   4-001

新诗社编辑部
 新诗集（第一编）编   1-001

心

心 丁
 今晚零落 著   74-145

辛

辛 笛
 珠贝集 著   97-281

辛 谷
 珠贝集 著   97-281

xú

徐

徐庆誉
　嘤嘤诗集 著　　　72-145
徐少声
　清溪 著　　　　　17-001
徐玉诺
　雪朝 著　　　　　5-001
徐志摩
　翡冷翠的一夜 著　27-001
　猛虎集 著　　　　55-001
徐雉
　酸果 著　　　　　44-053

xǔ

许
　许跻青
　　海夜上 著　　　61-001
　许寿民
　　雨天 编　　　　62-001
　　塞外 主编　　　62-195
　　灯光 编　　　　64-001
　　月夜 主编　　　64-201
　许子曙
　　孤吊 著　　　　97-209

Y

yán

严

严恩椿
　藐姑射山神人 著　11-217
阎
　阎重楼
　　火葬 著　　　　82-027
　　死灰 著　　　　84-145
　　血花 著　　　　85-095

yáng

杨
　杨骚
　　受难者的短曲 著　32-205
　　心曲 著　　　　　45-209
　　春的感伤 著　　　73-001
　杨天泪
　　塞外 著　　　　　62-195
　杨吻波
　　吻波诗集 著　　　68-233
　杨正宗
　　花圈 著　　　　　25-139

yáo

姚
　姚名达
　　暴风雨的一夕 主编　88-097

yě

也

也 夫
　血影 著　　　　　　　64-131

yè

叶
　叶绍钧
　　雪朝 著　　　　　　5-001

yú

俞
　俞平伯
　　雪朝 著　　　　　　5-001
　　冬夜 著　　　　　　6-001
　　忆 著　　　　　　　16-177

于
　于赓虞
　　晨曦之前 著　　　　17-175
　　世纪的脸 著　　　　80-001

虞
　虞琰
　　湖风 著　　　　　　52-001

yún

云
　云裳
　　女朋友们的诗 编　　60-199

Z

zài

再
　再生
　　雨 著　　　　　　　49-255

zāng

臧
　臧克家
　　烙印 著　　　　　　78-001
　　罪恶的黑手 著　　　80-249
　臧亦蘧
　　碎鞋诗集 著　　　　66-171

zǎo

藻
　藻雪
　　动荡 著　　　　　　44-183

zēng

曾
　曾今可
　　爱的三部曲 著　　　54-235
　　两颗星 著　　　　　68-001

zhāng

章
- 章石承
  - 石承的诗 著　　78-089
- 章衣萍
  - 深誓 著　　15-119
  - 种树集 著　　34-145

张
- 张白衣
  - 信号 著　　82-087
- 张国瑞
  - 海愁 著　　42-001
  - 转眼 著　　43-001
  - 我卖了青春 著　　52-227
- 张 品
  - 五月里的天气 著　　36-001
- 张廷铮
  - 白莲泾 著　　71-119
- 张亚珠
  - 西瓜集 著　　67-105
- 张子海
  - 刹那的慰安 著　　48-001

zhèng

郑
- 郑宏述
  - 白莲泾 著　　71-119
- 郑振铎
  - 雪朝 著　　5-001

zhōng

钟
- 钟天心
  - 追寻 著　　53-001
  - 游子吟 著　　63-241
- 钟文殊
  - 海滨集 著　　95-245

zhōu

周
- 周民钟
  - 革命花 著　　24-055
- 周作人
  - 雪朝 著　　5-001
  - 春水 编　　9-001

zhū

朱
- 朱采真
  - 真结 著　　5-199
- 朱剑芒
  - 写景诗 编　　68-133
- 朱 湘
  - 永言集 著　　99-095
- 朱仲琴
  - 远山集 著　　33-069
- 朱自清
  - 雪朝 著　　5-001

zǐ

紫
  紫　烟
    紫烟 著　　　　　　58-273

zōng

宗
  宗白华
    流云 著　　　　　　10-249

zōu

邹
  邹　枋
    香吻 著　　　　　　52-301

著者索引
(按首字笔画排列)

二画

卜
  卜弋云
    一片 著　　　　　12-097
丁
  丁 丁
    过去的恋歌 著　　20-001
    恋歌 编　　　　　20-085

三画

马
  马国亮
    昨夜之歌 著　　　40-229
  马化龙
    花梦集 著　　　　78-181
  马子华
    坍塌的古城 著　　83-145

小
  小说月报社
    歧路 编　　　　　14-001
    良夜 编　　　　　14-073
    眷顾 编　　　　　15-001
也
  也 夫
    血影 著　　　　　64-131
于
  于赓虞
    晨曦之前 著　　　17-175
    世纪的脸 著　　　80-001

四画

卞
  卞之琳
    三秋草 著　　　　69-001
    鱼目集 著　　　　96-153
长
  长 庚

招魂 著	87-001	

王

王独清
- 死前 著　　24-001
- 独清诗集 著　　31-001
- 威尼市 著　　32-001
- 埃及人 著　　45-159
- 圣母像前 著　　58-085
- 煅炼 著　　60-149
- 零乱章 著　　75-241
- 王独清诗歌代表作 著　　95-049

王皎我
- 桃色三三曲 著　　57-067

王景秀
- 逃难人 著　　89-001

王梅痕
- 中华现代文学选（第二册）编　　87-161
- 注释现代诗歌选 编　　90-001
- 遗赠 著　　90-109

王平陵
- 狮子吼 著　　66-001

王文川
- 江户流浪曲 著　　36-167

王亚平
- 都市的冬 著　　89-187

王一心
- 忘忧草（前集）著　　58-001

王佐才
- 蝉之曲 著　　37-107

韦

韦丛芜
- 君山 著　　21-115
- 冰块 著　　39-001

心

心丁
- 今晚零落 著　　74-145

云

云裳
- 女朋友们的诗 编　　60-199

五画

白

白蕉
- 白蕉 著　　35-001

北

北社
- 新诗年选 编　　3-111

冯

冯白鲁
- 囚徒之歌 著　　100-259

冯乃超
- 红纱灯 著　　30-173

冯宪章
- 梦后 著　　31-077

卢

卢葆华
- 血泪 著　　60-265

卢冀野

时代新声 编	26-063		马路上 著	53-219
春雨 著	48-195	关		
绿帘 著	49-201	关 萍		
生			寒筇 著	51-237
生活书店编译所		过		
她的生命 编	86-001	过立先		
石			白莲泾 著	71-119
石 民		江		
良夜与恶梦 著	41-001	江昌绪		
史			血与汨 著	39-085
史 轮		江岳浪		
白衣血浪 著	69-201		路工之歌 著	90-249
田		刘		
田 间		刘大白		
未明集 著	92-181		邮吻 著	21-001
田植萍			再造 著	38-001
落月集 著	86-253		丁宁 著	40-001
叶			卖布谣 著	46-001
叶绍钧			秋之泪 著	47-001
雪朝 著	5-001		写景诗 主编	68-133
		刘 复		
			瓦釜集 著	17-065
六画		刘廷芳		
			山雨 著	50-157
冰		刘廷蔚		
冰 心			山花 著	48-261
春水 著	9-001		我的杯 著	61-189
繁星 著	12-001	刘延陵		
冰心诗集 著	65-001		雪朝 著	5-001
尘		刘 宇		
尘 侣			刘宇诗选 著	60-001

吕
吕金录
　　劝俗新诗 主编　　90-227

芍
芍印
　　逝水集 著　　88-209

孙
孙毓棠
　　梦乡曲 著　　57-001

西
西华
　　火焰 著　　45-001

许
许跻青
　　海夜上 著　　61-001
许寿民
　　雨天 编　　62-001
　　塞外 主编　　62-195
　　灯光 编　　64-001
　　月夜 主编　　64-201
许子曙
　　孤吊 著　　97-209

再
再生
　　雨 著　　49-255

朱
朱采真
　　真结 著　　5-199
朱剑芒
　　写景诗 编　　68-133
朱湘
　　永言集 著　　99-095
朱仲琴
　　远山集 著　　33-069
朱自清
　　雪朝 著　　5-001

七画

沧
沧海
　　出狱之前 著　　58-185

陈
陈霭麓
　　写景诗 编　　68-133
陈伯吹
　　誓言 著　　52-097
陈此生
　　火流 著　　55-223
陈更鱼
　　漫步 著　　100-101
陈龢焜
　　火把已成了烬灰 著　　73-147
陈露茜
　　呼声 选　　74-227
陈梦家
　　梦家诗集 著　　54-001
　　新月诗选 编　　56-001
陈志莘
　　茅屋 著　　13-001
陈子鹄

宇宙之歌 著	91-001

陈醉云
玫瑰 著	34-001
月亮的绘画 著	82-001

何

何德明
幸福的哀歌 著	70-001

何植三
农家的草紫 著	39-169

何志浩
志浩诗集 著	81-001

冷

冷　泉
落英 著	61-255

李

李白英
时代祭 著	55-155

李邨哲
黑人 著	83-269

李季和
细雨集 著	73-249

李剑萍
呼声 编	74-227

李金发
为幸福而歌 著	19-001
食客与凶年 著	23-097

李鲁人
我们的手 著	100-173

李唯建
影 著	67-271
祈祷 著	70-029

李无隅
梅花 著	42-215

李英樵
忘忧草（前集）著	58-001

陆

陆晶清
低诉 著	47-231

陆印全
柔梦帖 著	80-179

陆志韦
渡河 著	7-127

沐

沐　鸿
湖上曲 著	43-175

邱

邱韵铎
梦与眼泪 著	33-227

沙

沙　蕾
心跳进行曲 著	69-059

邵

邵冠华
秋天集 著	92-001

邵洵美
天堂与五月 著	22-001
花一般的罪恶 著	30-313
诗二一五首 著	99-001

沈

沈从文
刘宇诗选 编	60-001

沈思约

芦灰 著	50-001	藐姑射山神人 著	11-217
沈心芜		**杨**	
秋雨之夜 著	37-001	杨 骚	
在旅途中 著	53-145	受难者的短曲 著	32-205
沈 旭		心曲 著	45-209
黎明前奏曲（第一集）著		春的感伤 著	73-001
	97-091	杨天泪	
汪		塞外 著	62-195
汪静之		杨吻波	
蕙的风 著	4-083	吻波诗集 著	68-233
寂寞的国 著	24-153	杨正宗	
汪蔚云		花圈 著	25-139
泡沫集 著	77-097	**张**	
汪 震		张白衣	
伐木集 著	74-001	信号 著	82-087
吴		张国瑞	
吴 博		海愁 著	42-001
九一八的薤露歌 著	63-115	转眼 著	43-001
吴秋山		我卖了青春 著	52-227
秋山草 著	77-287	张 品	
吴曙天		五月里的天气 著	36-001
深誓 编	15-119	张廷铮	
吴 汶		白莲泾 著	71-119
菱塘岸 著	89-097	张亚珠	
辛		西瓜集 著	67-105
辛 笛		张子海	
珠贝集 著	97-281	刹那的慰安 著	48-001
辛 谷		**邹**	
珠贝集 著	97-281	邹 枋	
严		香吻 著	52-301
严恩椿			

八画

采
  采　石
    忘川之水　著　　　　33-287

孤
  孤　帆
    孤帆的诗　著　　　　96-251

迦
  迦　陵
    残梦　著　　　　　　31-195

金
  金克木
    蝙蝠集　著　　　　　98-001

林
  林重映
    出哨　著　　　　　　60-093
  林　庚
    北平情歌　著　　　　97-001
  林　憾
    影儿集　著　　　　　42-077
  林绍崙
    给我们自己　著　　　93-001

罗
  罗宝册
    花要落去　著　　　　48-055
  罗念生
    龙涎　著　　　　　　99-203

孟
  孟　超
    候　著　　　　　　　25-001

欧
  欧阳兰
    夜莺　著　　　　　　26-001

郑
  郑宏述
    白莲泾　著　　　　　71-119
  郑振铎
    雪朝　著　　　　　　5-001

周
  周民钟
    革命花　著　　　　　24-055
  周作人
    雪朝　著　　　　　　5-001
    春水　编　　　　　　9-001

宗
  宗白华
    流云　著　　　　　　10-249

九画

贺
  贺扬灵
    残叶　著　　　　　　15-223

洪
  洪为法
    他,她　著　　　　　44-001
    这工头阿桂　著　　　76-001

侯

侯觉民
　单恋 著　　　　　86-213
侯汝华
　海上谣 著　　　　100-001
胡
胡怀琛
　大江集 著　　　　3-001
胡寄尘
　劝俗新诗 编　　　90-227
胡适
　尝试集 著　　　　1-121
胡思永
　胡思永的遗诗 著　13-159
胡行之
　风铃 著　　　　　38-235
姜
姜卿云
　心琴 著　　　　　14-149
柯
柯仲平
　海夜歌声 著　　　20-211
柳
柳倩
　生命底微痕 著　　79-223
柳絮诗歌研究社
　柳絮诗歌 编　　　85-251
秋
秋雪
　小诗选 选　　　　49-001
施
施牧子

　柴火 著　　　　　16-001
拾
拾名
　影像集 著　　　　77-001
荪
荪荃
　生命的火焰 著　　46-071
闻
闻一多
　红烛 著　　　　　8-001
　死水 著　　　　　28-125
姚
姚名达
　暴风雨的一夕 主编　88-097
俞
俞平伯
　雪朝 著　　　　　5-001
　冬夜 著　　　　　6-001
　忆 著　　　　　　16-177
钟
钟天心
　追寻 著　　　　　53-001
　游子吟 著　　　　63-241
钟文殊
　海滨集 著　　　　95-245

十画

顾
顾青海

郭

郭伯恭
　　流浪之歌 著　　　　71-001
　　饥饿 著　　　　　　92-053

郭沫若
　　瓶 著　　　　　　　23-001
　　前茅 著　　　　　　26-263
　　女神 著　　　　　　29-001

郭绍虞
　　雪朝 著　　　　　　5-001

郭子雄
　　春夏秋冬 著　　　　28-225

贾

贾 芝
　　水磨集 著　　　　　93-081

钱

钱君匋
　　水晶座 著　　　　　35-225

钱杏邨
　　暴风雨的前夜 著　　33-001
　　荒土 著　　　　　　45-065

唐

唐国樑
　　在山诗白 著　　　　63-001

唐绍华
　　生之战争（绍华诗二集）著
　　　　　　　　　　　95-001

陶

陶行知
　　知行诗歌续集 著　　91-191
　　知行诗歌别集 著　　93-155

陶知行
　　知行诗歌集 著　　　70-179

徐

徐庆誉
　　嘤嘤诗集 著　　　　72-145

徐少声
　　清溪 著　　　　　　17-001

徐玉诺
　　雪朝 著　　　　　　5-001

徐志摩
　　翡冷翠的一夜 著　　27-001
　　猛虎集 著　　　　　55-001

徐 雉
　　酸果 著　　　　　　44-053

十一画

曹

曹葆华
　　寄诗魂 著　　　　　51-001
　　落日颂 著　　　　　67-001

曹唯非
　　微痕 著　　　　　　18-001

曹雪松
　　恋歌 编　　　　　　20-085
　　爱的花冠 著　　　　25-215

常

常任侠
　　毋忘草 著　　　　　88-001

黄

黄　俊
　　恋中心影　著　　　　7-001
黄曙霞
　　游子的哀歌　著　　　54-147
黄药眠
　　黄花岗上　著　　　　33-115

康
康白情
　　草儿　著　　　　　　2-001

梁
梁　格
　　宇宙的统治　著　　　85-149

绿
绿波社社员
　　春云　著　　　　　　10-001

曼
曼　尼
　　斜坡　著　　　　　　27-161

阎
阎重楼
　　火葬　著　　　　　　82-027
　　死灰　著　　　　　　84-145
　　血花　著　　　　　　85-095

章
章石承
　　石承的诗　著　　　　78-089
章衣萍
　　深誓　著　　　　　　15-119
　　种树集　著　　　　　34-145

十二画

程
程鲁丁
　　新生　著　　　　　　62-131
程少怀
　　流浪者的歌曲　著　　43-037

葛
葛贤宁
　　海　著　　　　　　　76-171
　　荒村　著　　　　　　84-001
葛又华
　　小姑娘　著　　　　　59-191

湖
湖畔诗社
　　春的歌集　编　　　　11-001

蒋
蒋光慈
　　光慈诗选　著　　　　29-291
　　战鼓　著　　　　　　41-127
蒋灵林
　　唏嘘　著　　　　　　76-057
蒋山青
　　无谱之曲　著　　　　21-265

焦
焦菊隐
　　他乡　著　　　　　　34-275

彭
彭子蕴

十二画

　　日出之前　著　　　75-001

温

　温　流

　　我们的堡　著　　　98-215

　温梓川

　　咖啡店的侍女　著　　46-203

谢

　谢采江

　　野火　著　　　　　9-169

　谢厥成

　　离曲　著　　　　　84-203

　谢　康

　　露丝　著　　　　　30-001

　谢乐人

　　湖畔小诗　著　　　78-247

曾

　曾今可

　　爱的三部曲　著　　54-235

　　两颗星　著　　　　68-001

紫

　紫　烟

　　紫烟　著　　　　　58-273

十三画

雷

　雷承道

　　承道的诗　著　　　79-001

路

　路易士

　　易士诗集　著　　　85-001

　　行过之生命　著　　94-001

蒲

　蒲　风

　　茫茫夜　著　　　　83-001

　　六月流火　著　　　96-001

裘

　裘柱常

　　鲛人　著　　　　　32-083

新

　新诗编辑社

　　新诗三百首　编　　4-001

　新诗社编辑部

　　新诗集（第一编）　编　1-001

虞

　虞　琰

　　湖风　著　　　　　52-001

十四画

臧

　臧克家

　　烙印　著　　　　　78-001

　　罪恶的黑手　著　　80-249

　臧亦蘧

　　碎鞋诗集　著　　　66-171

香严集 著 　　　　　　　28-001

十九画

藻

藻雪
　动荡 著　　　　　　44-183

十五画

黎

黎青主
　诗琴响了 著　　　　59-001

十六画

穆

穆木天
　旅心 著　　　　　　22-175

霓

霓僧
　残叶 编　　　　　　15-223

十七画

戴

戴望舒
　我底记忆 著　　　　36-083
　望舒草 著　　　　　72-001

十八画

瞿

瞿飞白

附录

附 录　77

第 1 卷

著　　作　《新诗集》(第一编)
著　　者　新诗社编辑部 编
出版时间　1920 年(初版)
　　　　　1920 年(再版)
尺　　寸　21cm×15cm

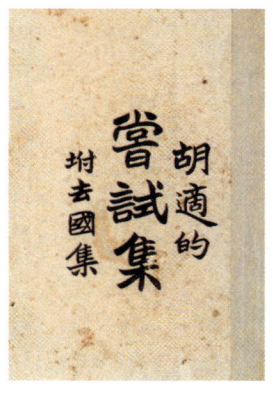

著　　作　《尝试集》
著　　者　胡　适著
出版时间　1920 年(初版)
　　　　　1920 年(再版)
尺　　寸　18cm×13cm

第 2 卷

著　　作　《草儿》
著　　者　康白情 著
出版时间　1922 年
尺　　寸　18cm×12cm

第 3 卷

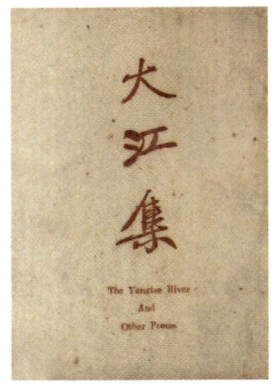

著　　作　《大江集》
著　　者　胡怀琛 著
出版时间　1921 年（初版）
　　　　　1923 年（再版）
尺　　寸　18cm×13cm

著　　作　《新诗年选》
著　　者　北　社 编
出版时间　1922 年
尺　　寸　14cm×10cm

第 4 卷

著　　作　《新诗三百首》
著　　者　新诗编辑社 编
出版时间　1922 年
尺　　寸　18cm×13cm

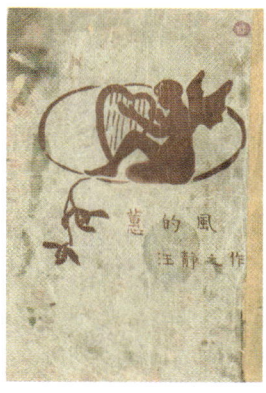

著　　作　《蕙的风》
著　　者　汪静之 著
出版时间　1922 年
尺　　寸　17cm×11cm

第 5 卷

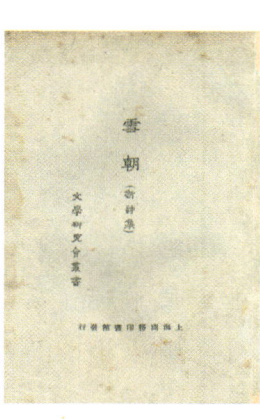

著　　作　《雪朝》
著　　者　朱自清　周作人
　　　　　俞平伯　徐玉诺
　　　　　郭绍虞　叶绍钧
　　　　　刘延陵　郑振铎 著
出版时间　1922 年（初版）
　　　　　1923 年（再版）
尺　　寸　19cm×12cm

著　　作　《真结》
著　　者　朱采真 著
出版时间　1922 年
尺　　寸　18cm×12cm

第 6 卷

著　　作　《冬夜》
著　　者　俞平伯 著
出版时间　1922 年
尺　　寸　13cm×18cm

第 7 卷

著　　作　《恋中心影》
著　　者　黄　俊 著
出版时间　1923 年
尺　　寸　18cm×12cm

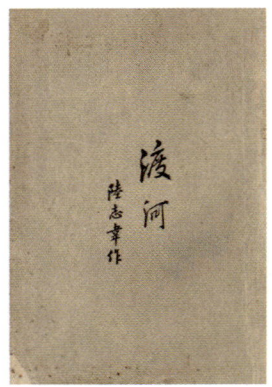

著　　作　《渡河》
著　　者　陆志韦 著
出版时间　1923 年
尺　　寸　18cm×13cm

第 8 卷

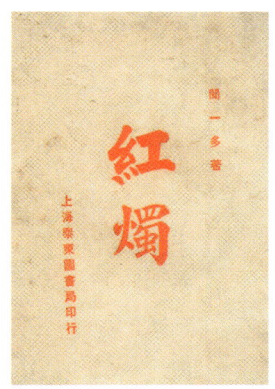

著　　作　《红烛》
著　　者　闻一多 著
出版时间　1923 年
尺　　寸　18cm×13cm

第 9 卷

著　　作　《春水》
著　　者　冰　心 著　周作人 编
出版时间　1923 年
尺　　寸　14cm×10cm

著　　作　《野火》
著　　者　谢采江 著
出版时间　1923 年
尺　　寸　13cm×9cm

第 10 卷

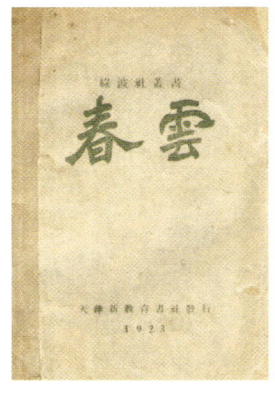

著　　作　《春云》
著　　者　绿波社社员 著
出版时间　1923 年
尺　　寸　18cm×13cm

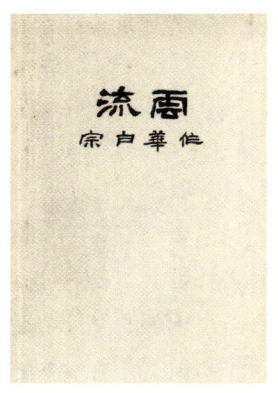

著　　作　《流云》
著　　者　宗白华 著
出版时间　1923 年
尺　　寸　18cm×13cm

第 11 卷

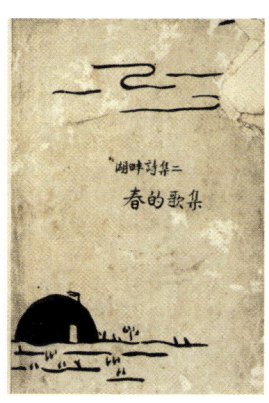

著　　作　《春的歌集》
著　　者　湖畔诗社 编
出版时间　1923 年
尺　　寸　15cm×11cm

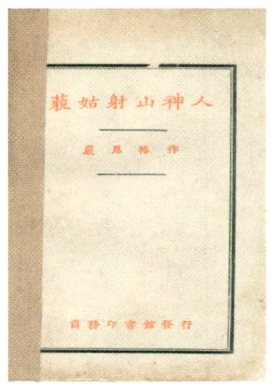

著　　作　《藐姑射山神人》
著　　者　严恩椿 著
出版时间　1926 年
尺　　寸　19cm×11cm

第 12 卷

著　　作　《繁星》
著　　者　冰　心 著
出版时间　1923 年
尺　　寸　18cm×13cm

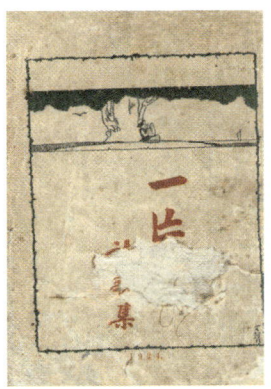

著　　作　《一片》
著　　者　卜弋云 著
出版时间　1924 年
尺　　寸　18cm×12cm

第 13 卷

著　　作　《茅屋》
著　　者　陈志莘 著
出版时间　1924 年
尺　　寸　19cm×13cm

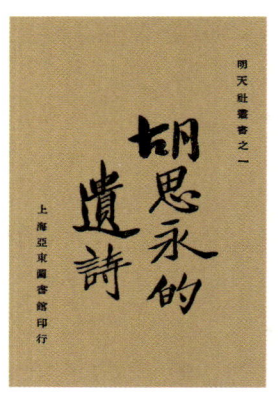

著　　作　《胡思永的遗诗》
著　　者　胡思永 著
出版时间　1924 年
尺　　寸　18cm×12cm

第 14 卷

著　　作　《歧路》
著　　者　小说月报社 编
出版时间　1924 年
尺　　寸　15cm×10cm

著　　作　《良夜》
著　　者　小说月报社 编
出版时间　1925 年
尺　　寸　15cm×10cm

著　　作　《心琴》
著　　者　姜卿云 著
出版时间　1925 年
尺　　寸　18cm×13cm

第 15 卷

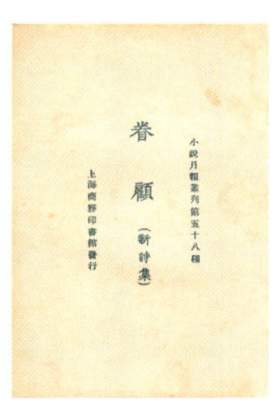

著　　作　《眷顾》
著　　者　小说月报社 编
出版时间　1925 年
尺　　寸　15cm×10cm

著　　作　《深誓》
著　　者　　章衣萍 著　吴曙天 编
出版时间　1925 年
尺　　寸　13cm×9cm

著　　作　《残叶》
著　　者　　贺扬灵 著　霓　僧 编
出版时间　1925 年
尺　　寸　12cm×7cm

第 16 卷

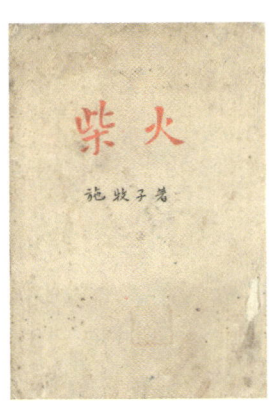

著　　作　《柴火》
著　　者　　施牧子 著
出版时间　1925 年
尺　　寸　19cm×13cm

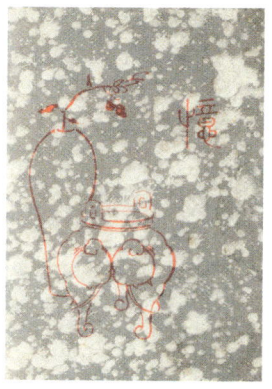

著　　作　《忆》
著　　者　俞平伯 著
出版时间　1925 年
尺　　寸　17cm×12cm

第 17 卷

著　　作　《清溪》
著　　者　徐少声 著
出版时间　1926 年
尺　　寸　13cm×10cm

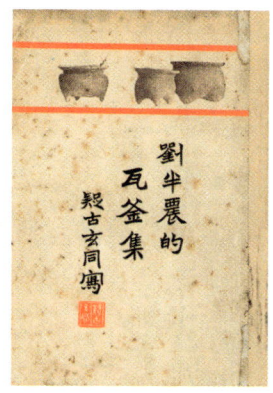

著　　作　《瓦釜集》
著　　者　刘复 著
出版时间　1926 年
尺　　寸　19cm×13cm

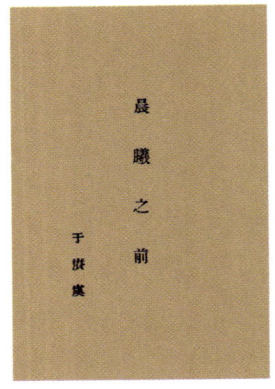

著　　作　《晨曦之前》
著　　者　于赓虞 著
出版时间　1926 年
尺　　寸　14cm×9cm

第 18 卷

著　　作　《微痕》
著　　者　曹唯非 著
出版时间　1926 年
尺　　寸　18cm×12cm

第 19 卷

著　　作　《为幸福而歌》
著　　者　李金发 著
出版时间　1926 年
尺　　寸　19cm×12cm

第 20 卷

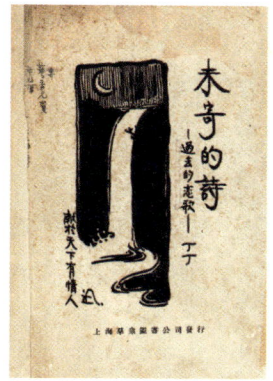

著　　作　《过去的恋歌》
著　　者　丁　丁 著
出版时间　1926 年
尺　　寸　18cm×13cm

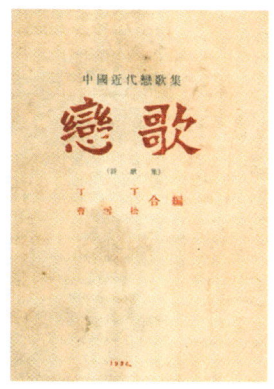

著　　作　《恋歌》
著　　者　曹雪松　丁　丁 合编
出版时间　1926 年
尺　　寸　16cm×11cm

著　　作　《海夜歌声》
著　　者　柯仲平 著
出版时间　1927 年
尺　　寸　18cm×13cm

第 21 卷

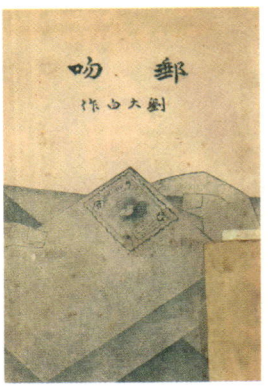

著　　作　《邮吻》
著　　者　刘大白 著
出版时间　1926 年
尺　　寸　19cm×11cm

著　　作　《君山》
著　　者　韦丛芜 著
出版时间　1927 年
尺　　寸　18cm×13cm

著　　作　《无谱之曲》
著　　者　蒋山青 著
出版时间　1927 年
尺　　寸　18cm×12cm

第 22 卷

著　　作　《天堂与五月》
著　　者　邵洵美 著
出版时间　1927 年
尺　　寸　19cm×13cm

著　　作　《旅心》
著　　者　穆木天 著
出版时间　1927 年
尺　　寸　16cm×11cm

第 23 卷

著　　作　《瓶》
著　　者　郭沫若 著
出版时间　1927 年
尺　　寸　14cm×10cm

著　　作　《食客与凶年》
著　　者　李金发 著
出版时间　1927 年
尺　　寸　20cm×13cm

第 24 卷

著　　作　《死前》
著　　者　王独清 著
出版时间　1927 年
尺　　寸　15cm×11cm

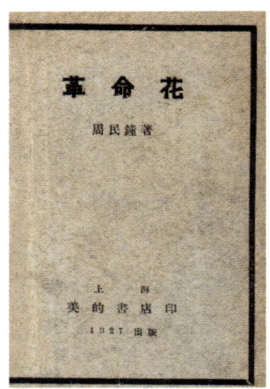

著　　作　《革命花》
著　　者　周民钟 著
出版时间　1927 年
尺　　寸　16cm×10cm

著　　作　《寂寞的国》
著　　者　汪静之 著
出版时间　1927 年（初版）
　　　　　1931 年（三版）
尺　　寸　19cm×13cm

第 25 卷

著　　作　《候》
著　　者　孟　超 著
出版时间　1927 年
尺　　寸　18cm×11cm

著　　作　《花圈》
著　　者　杨正宗 著
出版时间　1927 年
尺　　寸　17cm×13cm

著　　作　《爱的花园》
著　　者　曹雪松 著
出版时间　1927 年（初版）
　　　　　1935 年（再版）
尺　　寸　18cm×13cm

第 26 卷

著　　作　《夜莺》
著　　者　欧阳兰 著
出版时间　1927 年（再版）
尺　　寸　17cm×13cm

著　　作　《时代新声》
著　　者　卢冀野 编
出版时间　1928 年
尺　　寸　15cm×10cm

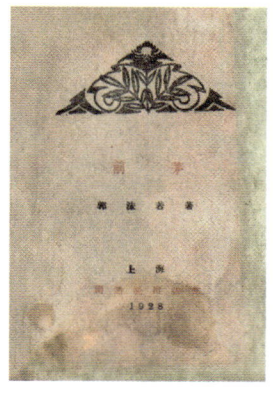

著　　作　《前茅》
著　　者　郭沫若 著
出版时间　1928 年（初版）
　　　　　1928 年（二版）
尺　　寸　14cm×10cm

第 27 卷

著　　作　《翡冷翠的一夜》
著　　者　徐志摩 著
出版时间　1927 年
尺　　寸　18cm×13cm

著　　作　《斜坡》
著　　者　曼　尼 著
出版时间　1928 年（再版）
尺　　寸　19cm×10cm

第 28 卷

著　　作　《香严集》
著　　者　瞿飞白 著
出版时间　1927 年
尺　　寸　17cm×12cm

著　　作　《死水》
著　　者　闻一多 著
出版时间　1928 年
尺　　寸　19cm×13cm

著　　作　《春夏秋冬》
著　　者　郭子雄 著
出版时间　1928 年
尺　　寸　19cm×13cm

第 29 卷

著　　作　《女神》
著　　者　郭沫若 著
出版时间　1928 年（七版）
尺　　寸　19cm×13cm

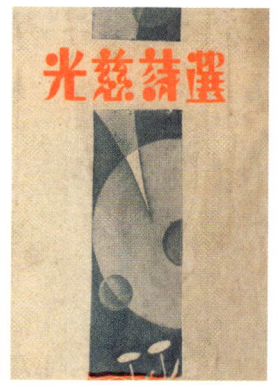

著　　作　《光慈诗选》
著　　者　蒋光慈 著
出版时间　1928 年（初版）
　　　　　1929 年（再版）
尺　　寸　15cm×11cm

第 30 卷

著　　作　《露丝》
著　　者　谢 康 著
出版时间　1928 年
尺　　寸　16cm×14cm

著　　作　《红纱灯》
著　　者　冯乃超 著
出版时间　1928 年
尺　　寸　18cm×12cm

著　　作　《花一般的罪恶》
著　　者　邵洵美 著
出版时间　1928 年
尺　　寸　20cm×13cm

第 31 卷

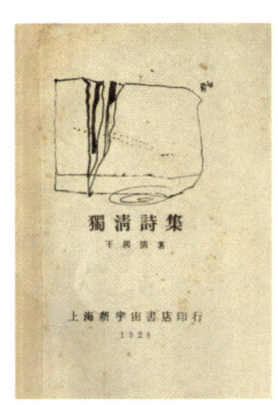

著　　作　《独清诗集》
著　　者　王独清 著
出版时间　1928 年
尺　　寸　16cm×12cm

著　　作　《梦后》
著　　者　冯宪章 著
出版时间　1928 年
尺　　寸　18cm×10cm

著　　作　《残梦》
著　　者　迦　陵 著
出版时间　1928 年
尺　　寸　15cm×10cm

第 32 卷

著　　作　《威尼市》
著　　者　王独清 著
出版时间　1928 年
尺　　寸　14cm×10cm

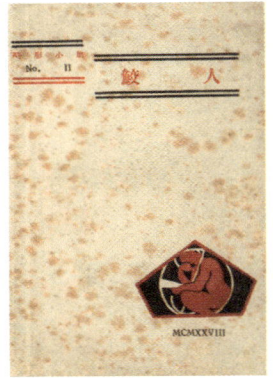

著　　作　《鲛人》
著　　者　裘柱常 著
出版时间　1928 年
尺　　寸　12cm×8cm

著　　作　《受难者的短曲》
著　　者　杨　骚 著
出版时间　1928 年（初版）
　　　　　1929 年（再版）
尺　　寸　18cm×12cm

第 33 卷

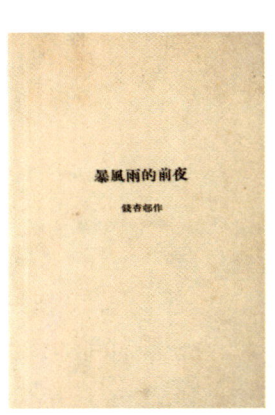

著　　作　《暴风雨的前夜》
著　　者　钱杏邨 著
出版时间　1928 年
尺　　寸　15cm×10cm

著　　作　《远山集》
著　　者　朱仲琴 著
出版时间　1928 年（再版）
尺　　寸　19cm×13cm

著　　作　《黄花岗上》
著　　者　黄药眠 著
出版时间　1928 年
尺　　寸　19cm×13cm

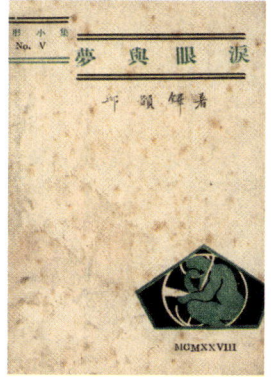

著　　作　《梦与眼泪》
著　　者　邱韵铎 著
出版时间　1928 年
尺　　寸　15cm×10cm

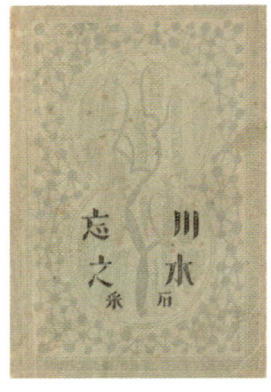

著　　作　《忘川之水》
著　　者　采　石 著
出版时间　1929 年
尺　　寸　18cm×13cm

第 34 卷

著　　作　《玫瑰》
著　　者　陈醉云 著
出版时间　1928 年
尺　　寸　19cm×14cm

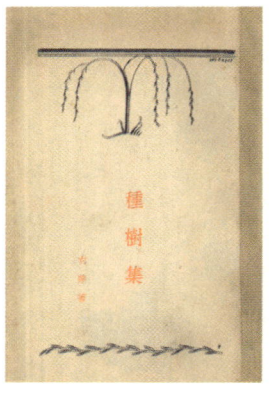

著　　作　《种树集》
著　　者　章衣萍 著
出版时间　1928 年
尺　　寸　20cm×14cm

著　　作　《他乡》
著　　者　焦菊隐 著
出版时间　1929 年（初版）
　　　　　1929 年（再版）
尺　　寸　20cm×14cm

第 35 卷

著　　作　《白蕉》
著　　者　白 蕉 著
出版时间　1929 年
尺　　寸　20cm×14cm

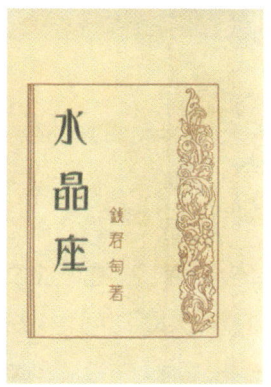

著　　作　《水晶座》
著　　者　钱君匋 著
出版时间　1929 年
尺　　寸　18cm×11cm

第 36 卷

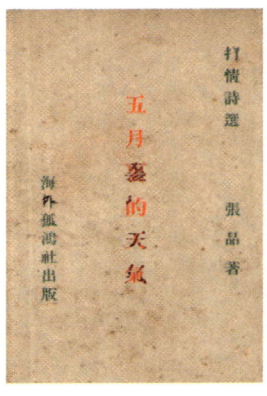

著　　作　《五月里的天气》
著　　者　张　品 著
出版时间　1929 年
尺　　寸　15cm×9cm

著　　作　《我底记忆》
著　　者　戴望舒 著
出版时间　1929 年
尺　　寸　20cm×14cm

著　　作　《江户流浪曲》
著　　者　王文川 著
出版时间　1929 年
尺　　寸　19cm×13cm

第 37 卷

著　　作　《秋雨之夜》
著　　者　沈心芜 著
出版时间　1929 年
尺　　寸　19cm×13cm

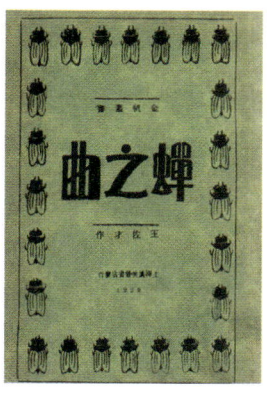

著　　作　《蝉之曲》
著　　者　王佐才 著
出版时间　1929 年
尺　　寸　15cm×11cm

第 38 卷

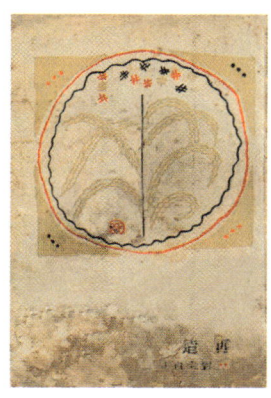

著　　作　《再造》
著　　者　刘大白 著
出版时间　1929 年
尺　　寸　18cm×12cm

著　　作　《风铃》
著　　者　胡行之 著
出版时间　1929 年
尺　　寸　16cm×10cm

第 39 卷

著　　作　《冰块》
著　　者　韦丛芜 著
出版时间　1929 年
尺　　寸　21cm×14cm

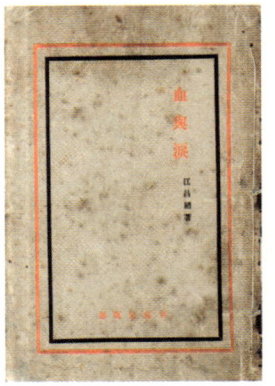

著　　作　《血与泪》
著　　者　江昌绪 著
出版时间　1929 年
尺　　寸　18cm×13cm

著　　作	《农家的草紫》
著　　者	何植三 著
出版时间	1929 年
尺　　寸	19cm×13cm

第 40 卷

著　　作	《丁宁》
著　　者	刘大白 著
出版时间	1929 年（初版）
	1930 年（再版）
尺　　寸	19cm×13cm

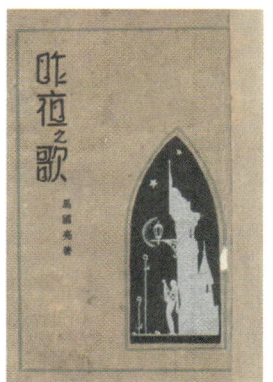

著　　作	《昨夜之歌》
著　　者	马国亮 著
出版时间	1929 年（初版）
	1931 年（再版）
尺　　寸	18cm×13cm

第 41 卷

著　　作　《良夜与恶梦》
著　　者　石　民 著
出版时间　1929 年
尺　　寸　19cm×13cm

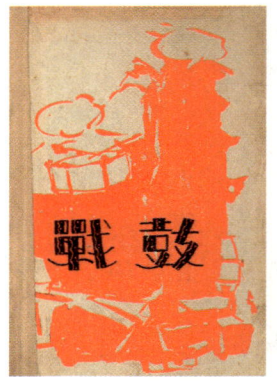

著　　作　《战鼓》
著　　者　蒋光慈 著
出版时间　1929 年
尺　　寸　18cm×13cm

第 42 卷

著　　作　《海愁》
著　　者　张国瑞 著
出版时间　1929 年
尺　　寸　17cm×12cm

著　　作　《影儿集》
著　　者　林　憾 著
出版时间　1929 年
尺　　寸　20cm×14cm

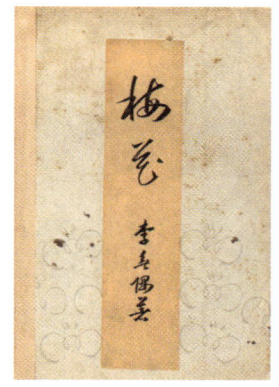

著　　作　《梅花》
著　　者　李无隅 著
出版时间　1929 年
尺　　寸　19cm×13cm

第 43 卷

著　　作　《转眼》
著　　者　张国瑞 著
出版时间　1929 年
尺　　寸　19cm×14cm

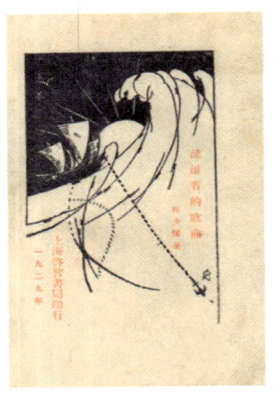

著　　作　《流浪者的歌曲》
著　　者　程少怀 著
出版时间　1929 年
尺　　寸　17cm×11cm

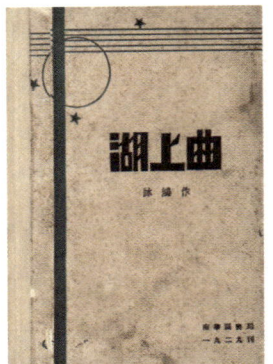

著　　作　《湖上曲》
著　　者　沐　鸿 著
出版时间　1929 年
尺　　寸　18cm×13cm

第 44 卷

著　　作　《他,她》
著　　者　洪为法 著
出版时间　1929 年(再版)
尺　　寸　13cm×10cm

附 录 111

著　　作　《酸果》
著　　者　徐　雉著
出版时间　1929 年
尺　　寸　19cm×13cm

著　　作　《动荡》
著　　者　藻　雪著
出版时间　1929 年
尺　　寸　15cm×11cm

第 45 卷

著　　作　《火焰》
著　　者　西　华著
出版时间　1929 年
尺　　寸　16cm×11cm

著　　作　《荒土》
著　　者　钱杏邨 著
出版时间　1929 年（初版）
　　　　　1929 年（再版）
尺　　寸　15cm×11cm

著　　作　《埃及人》
著　　者　王独清 著
出版时间　1929 年
尺　　寸　18cm×12cm

著　　作　《心曲》
著　　者　杨骚 著
出版时间　1929 年
尺　　寸　19cm×13cm

第 46 卷

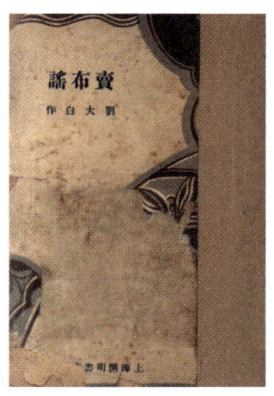

著　　作　《卖布谣》
著　　者　刘大白 著
出版时间　1929 年（初版）
　　　　　1931 年（三版）
尺　　寸　19cm×13cm

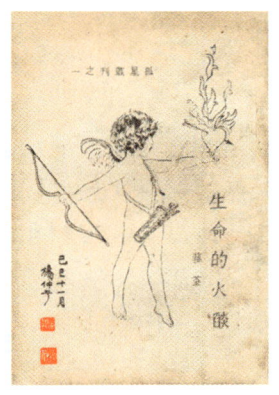

著　　作　《生命的火焰》
著　　者　荪 荃 著
出版时间　1930 年
尺　　寸　19cm×13cm

著　　作　《咖啡店的待女》
著　　者　温梓川 著
出版时间　1930 年
尺　　寸　19cm×13cm

第 47 卷

著　　作　《秋之泪》
著　　者　刘大白 著
出版时间　1930 年（初版）
　　　　　1931 年（三版）
尺　　寸　18cm×12cm

著　　作　《低诉》
著　　者　陆晶清 著
出版时间　1930 年
尺　　寸　19cm×13cm

第 48 卷

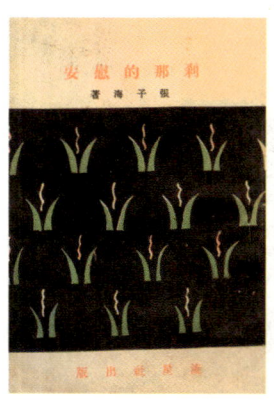

著　　作　《刹那的慰安》
著　　者　张子海 著
出版时间　1930 年
尺　　寸　19cm×13cm

著　　作　《花要落去》
著　　者　罗宝册 著
出版时间　1930 年
尺　　寸　20cm×14cm

著　　作　《春雨》
著　　者　卢冀野 著
出版时间　1930 年
尺　　寸　16cm×11cm

著　　作　《山花》
著　　者　刘廷蔚 著
出版时间　1930 年
尺　　寸　20cm×14cm

第 49 卷

著　　作　《小诗选》
著　　者　秋　雪选
出版时间　1930 年
尺　　寸　15cm×11cm

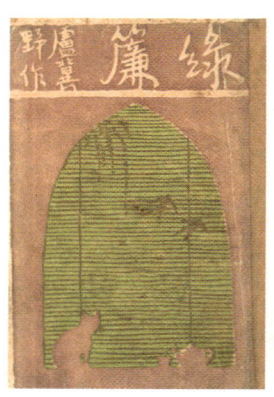

著　　作　《绿帘》
著　　者　卢冀野 著
出版时间　1930 年
尺　　寸　15cm×10cm

著　　作　《雨》
著　　者　再　生著
出版时间　1930 年
尺　　寸　19cm×14cm

第 50 卷

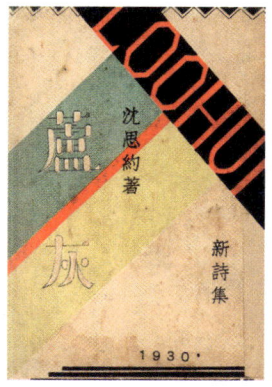

著　　作　《芦灰》
著　　者　沈思约 著
出版时间　1930 年
尺　　寸　15cm×11cm

著　　作　《山雨》
著　　者　刘廷芳 著
出版时间　1930 年
尺　　寸　20cm×14cm

第 51 卷

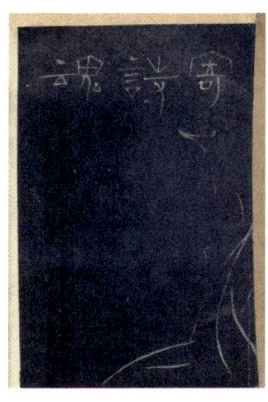

著　　作　《寄诗魂》
著　　者　曹葆华 著
出版时间　1930 年
尺　　寸　20cm×13cm

著　　作　《寒笳》
著　　者　关　萍 著
出版时间　1930 年
尺　　寸　18cm×13cm

第 52 卷

著　　作　《湖风》
著　　者　虞　琰 著
出版时间　1930 年
尺　　寸　18cm×13cm

著　　作　《誓言》
著　　者　陈伯吹 著
出版时间　1930 年
尺　　寸　16cm×11cm

著　　作　《我卖了青春》
著　　者　张国瑞 著
出版时间　1930 年
尺　　寸　19cm×14cm

著　　作　《香吻》
著　　者　邹 枋 著
出版时间　1930 年
尺　　寸　15cm×12cm

第 53 卷

著　　作　《追寻》
著　　者　钟天心 著
出版时间　1930 年
尺　　寸　18cm×13cm

著　　作　《在旅途中》
著　　者　沈心芜 著
出版时间　1931 年
尺　　寸　19cm×14cm

著　　作　《马路上》
著　　者　尘　侣 著
出版时间　1931 年
尺　　寸　19cm×13cm

第 54 卷

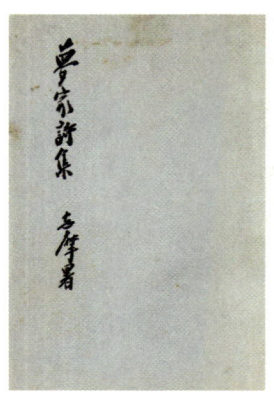

著　　作　《梦家诗集》
著　　者　陈梦家 著
出版时间　1931 年（初版）
　　　　　1931 年（再版）
尺　　寸　18cm×13cm

附 录 121

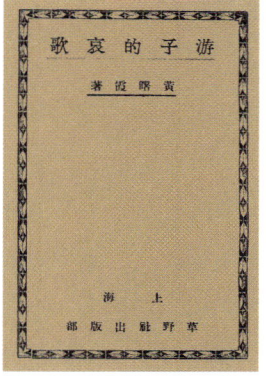

著　　作　《游子的哀歌》
著　　者　黄曙霞 著
出版时间　1931 年
尺　　寸　18cm×13cm

著　　作　《爱的三部曲》
著　　者　曾今可 著
出版时间　1931 年（初版）
　　　　　1931 年（再版）
尺　　寸　19cm×13cm

第 55 卷

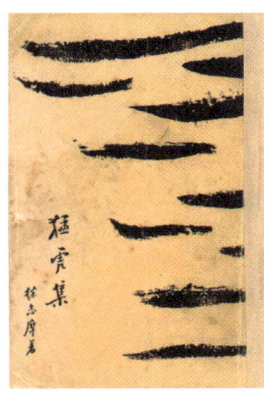

著　　作　《猛虎集》
著　　者　徐志摩 著
出版时间　1931 年
尺　　寸　19cm×13cm

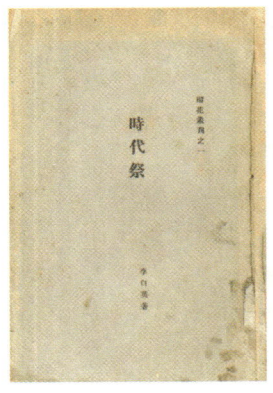

著　　作　《时代祭》
著　　者　李白英 著
出版时间　1931 年
尺　　寸　18cm×13cm

著　　作　《火流》
著　　者　陈此生 著
出版时间　1931 年
尺　　寸　16cm×10cm

第 56 卷

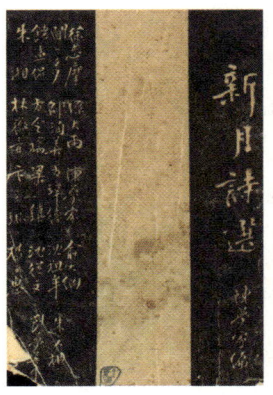

著　　作　《新月诗选》
著　　者　陈梦家 编
出版时间　1931 年
尺　　寸　18cm×11cm

第 57 卷

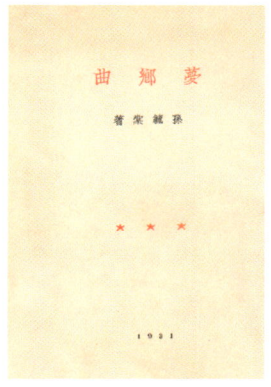

著　　作　《梦乡曲》
著　　者　孙毓棠 著
出版时间　1931 年
尺　　寸　19cm×11cm

著　　作　《桃色三三曲》
著　　者　王皎我 著
出版时间　1931 年
尺　　寸　18cm×13cm

第 58 卷

著　　作　《忘忧草》（前集）
著　　者　王一心　李英樵 合著
出版时间　1931 年
尺　　寸　18cm×13cm

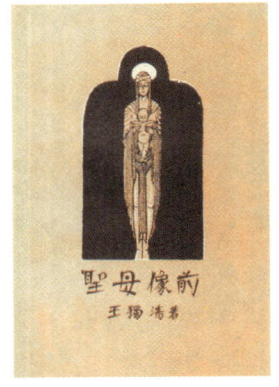

著　　作　《圣母像前》
著　　者　王独清 著
出版时间　1931 年（初版）
　　　　　1931 年（再版）
尺　　寸　18cm×13cm

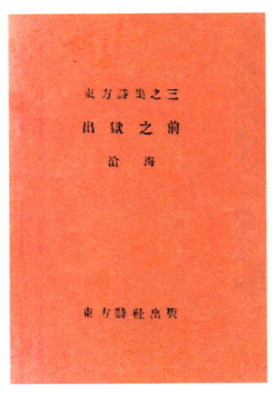

著　　作　《出狱之前》
著　　者　沧 海 著
出版时间　1931 年
尺　　寸　15cm×11cm

著　　作　《紫烟》
著　　者　紫 烟 著
出版时间　1931 年
尺　　寸　17cm×13cm

第 59 卷

著　　作　《诗琴响了》
著　　者　黎青主 著
出版时间　1931 年
尺　　寸　19cm×13cm

著　　作　《小姑娘》
著　　者　葛又华 著
出版时间　1931 年
尺　　寸　18cm×13cm

第 60 卷

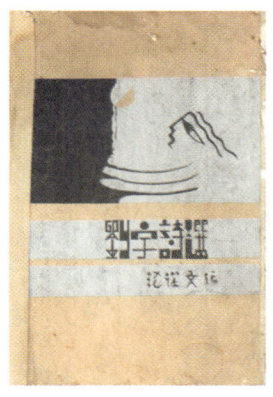

著　　作　《刘宇诗选》
著　　者　刘　宇 著　沈从文 编
出版时间　1932 年
尺　　寸　27cm×20cm

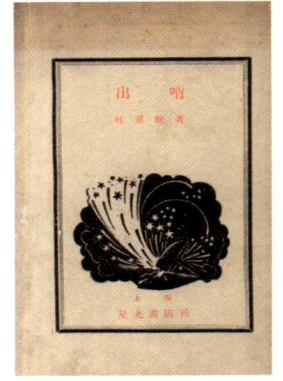

著　　作　《出哨》
著　　者　林重映 著
出版时间　1932 年
尺　　寸　19cm×13cm

著　　作　《煅炼》
著　　者　王独清 著
出版时间　1932 年
尺　　寸　19cm×13cm

著　　作　《女朋友们的诗》
著　　者　云　裳 编
出版时间　1932 年
尺　　寸　19cm×14cm

著　　作　《血泪》
著　　者　卢葆华 著
出版时间　1932 年
尺　　寸　19cm×13cm

第 61 卷

著　　作　《海夜上》
著　　者　许跻青 著
出版时间　1931 年
尺　　寸　19cm×14cm

著　　作　《我的杯》
著　　者　刘廷蔚 著
出版时间　1932 年
尺　　寸　16cm×10cm

著　　作　《落英》
著　　者　冷　泉 著
出版时间　1932 年
尺　　寸　20cm×14cm

第 62 卷

著　　作　《雨天》
著　　者　许寿民 编
出版时间　1932 年
尺　　寸　18cm×13cm

著　　作　《新生》
著　　者　程鲁丁 著
出版时间　1932 年
尺　　寸　14cm×10cm

著　　作　《塞外》
著　　者　杨天泪 著　许寿民 主编
出版时间　1932 年
尺　　寸　19cm×12cm

第 63 卷

著　　作　《在山诗白》
著　　者　唐国樑 著
出版时间　1932 年
尺　　寸　20cm×14cm

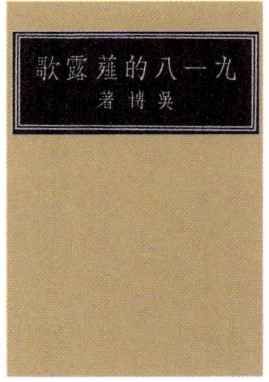

著　　作　《九一八的薤露歌》
著　　者　吴　博 著
出版时间　1932 年
尺　　寸　30cm×21cm

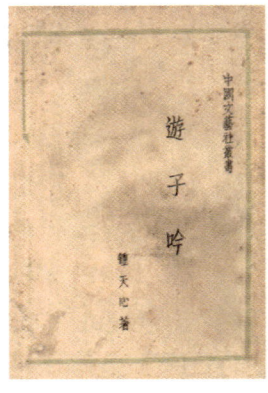

著　　作　《游子吟》
著　　者　钟天心 著
出版时间　1932 年
尺　　寸　19cm×13cm

第 64 卷

著　　作　《灯光》
著　　者　许寿民 编
出版时间　1932 年
尺　　寸　19cm×13cm

著　　作　《血影》
著　　者　也夫 著
出版时间　1932 年
尺　　寸　20cm×14cm

著　　作　《月夜》
著　　者　许寿民 主编
出版时间　1932 年
尺　　寸　18cm×13cm

第 65 卷

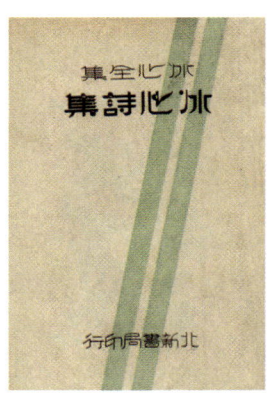

著　　作　《冰心诗集》
著　　者　冰　心 著
出版时间　1932 年
尺　　寸　19cm×13cm

第 66 卷

著　　作　《狮子吼》
著　　者　王平陵 著
出版时间　1932 年
尺　　寸　18cm×12cm

著　　作　《碎鞋诗集》
著　　者　臧亦蘧 著
出版时间　1932 年
尺　　寸　19cm×12cm

第 67 卷

著　　作　《落日颂》
著　　者　曹葆华 著
出版时间　1932 年
尺　　寸　18cm×13cm

著　　作　《西爪集》
著　　者　张亚珠 著
出版时间　1933 年
尺　　寸　19cm×13cm

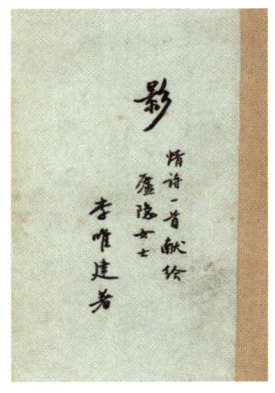

著　　作　《影》
著　　者　李唯建 著
出版时间　1933 年
尺　　寸　18cm×13cm

第 68 卷

著　　作　《两颗星》
著　　者　曾今可 著
出版时间　1933 年
尺　　寸　20cm×12cm

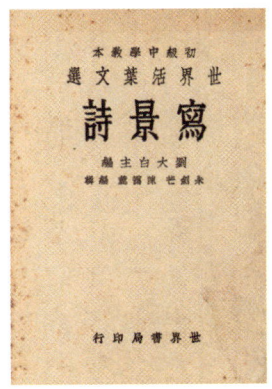

著　　作　《写景诗》
著　　者　朱剑芒　陈霭麓 编
　　　　　刘大白 主编
出版时间　1933 年
尺　　寸　20cm×14cm

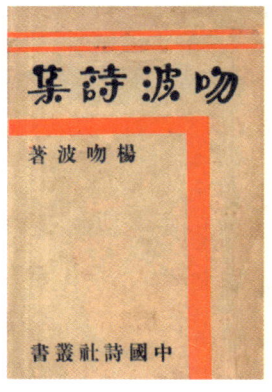

著　　作	《吻波诗集》
著　　者	杨吻波 著
出版时间	1933 年
尺　　寸	18cm×13cm

第 69 卷

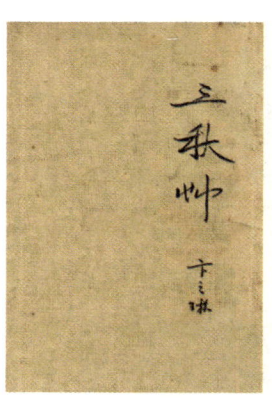

著　　作	《三秋草》
著　　者	卞之琳 著
出版时间	1933 年
尺　　寸	17cm×11cm

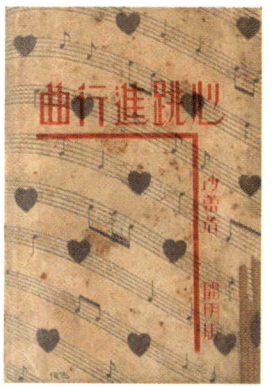

著　　作	《心跳进行曲》
著　　者	沙蕾 著
出版时间	1933 年
尺　　寸	15cm×11cm

著　　作　《白衣血浪》
著　　者　史　轮 著
出版时间　1933 年
尺　　寸　19cm×14cm

第 70 卷

著　　作　《幸福的哀歌》
著　　者　何德明 著
出版时间　1933 年
尺　　寸　19cm×13cm

著　　作　《祈祷》
著　　者　李唯建 著
出版时间　1933 年
尺　　寸　18cm×13cm

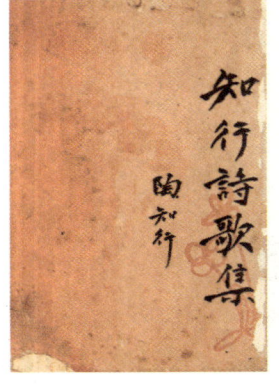

著　　作　《知行诗歌集》
著　　者　陶知行 著
出版时间　1933 年
尺　　寸　18cm×12cm

第 71 卷

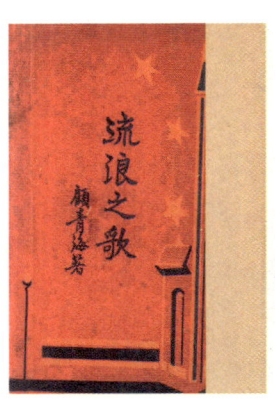

著　　作　《流浪之歌》
著　　者　顾青海 著
出版时间　1933 年
尺　　寸　18cm×14cm

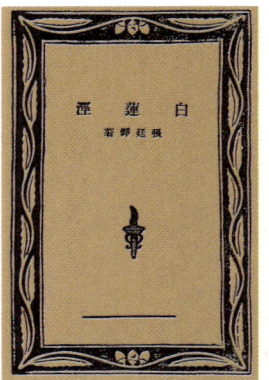

著　　作　《白莲泾》
著　　者　张廷铮　郑宏述
　　　　　过立先 著
出版时间　1933 年
尺　　寸　19cm×13cm

第 72 卷

著　　作　《望舒草》
著　　者　戴望舒 著
出版时间　1933 年（初版）
　　　　　1934 年（再版）
尺　　寸　18cm×13cm

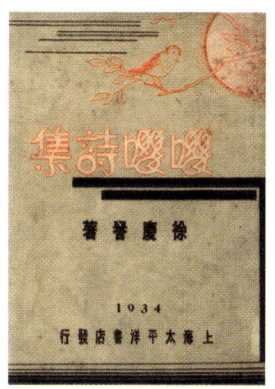

著　　作　《嘤嘤诗集》
著　　者　徐庆誉 著
出版时间　1933 年
尺　　寸　18cm×13cm

第 73 卷

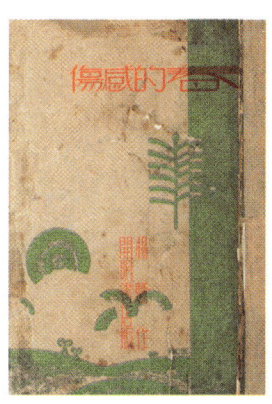

著　　作　《春的感伤》
著　　者　杨骚 著
出版时间　1933 年
尺　　寸　15cm×11cm

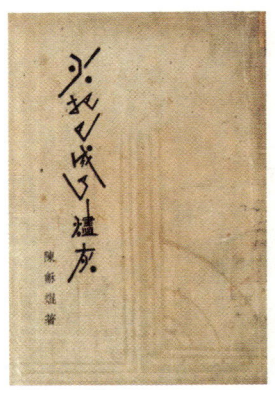

著　　作　《火把已成了烬灰》
著　　者　陈龢焜 著
出版时间　1933 年
尺　　寸　19cm×13cm

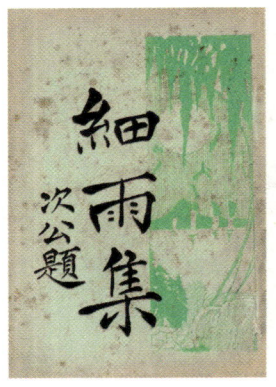

著　　作　《细雨集》
著　　者　李季和 著
出版时间　1933 年
尺　　寸　18cm×13cm

第 74 卷

著　　作　《伐木集》
著　　者　汪　震著
出版时间　1933 年
尺　　寸　19cm×13cm

著　　作　《今晚零落》
著　　者　心 丁 著
出版时间　1933 年
尺　　寸　15cm×10cm

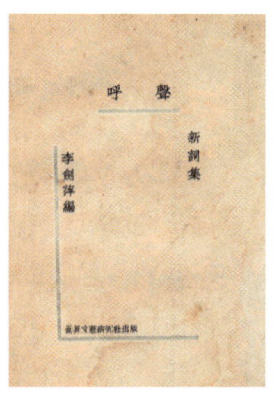

著　　作　《呼声》
著　　者　陈露茜 选　李剑萍 编
出版时间　1933 年
尺　　寸　18cm×12cm

第 75 卷

著　　作　《日出之前》
著　　者　彭子蕴 著
出版时间　1933 年
尺　　寸　18cm×13cm

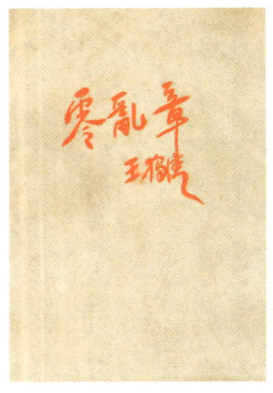

著　　作　《零乱章》
著　　者　　王独清 著
出版时间　　1933 年
尺　　寸　　18cm×13cm

第 76 卷

著　　作　《这工头阿桂》
著　　者　　洪为法 著
出版时间　　1933 年
尺　　寸　　18cm×12cm

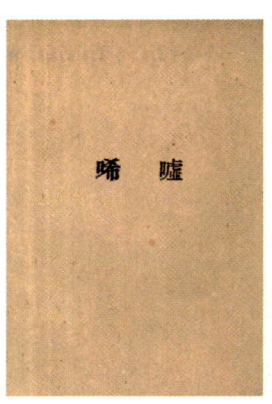

著　　作　《唏嘘》
著　　者　　蒋灵林 著
出版时间　　1933 年
尺　　寸　　18cm×12cm

著　　作　《海》
著　　者　葛贤宁 著
出版时间　1933 年
尺　　寸　19cm×13cm

第 77 卷

著　　作　《影像集》
著　　者　拾　名 著
出版时间　1934 年
尺　　寸　17cm×13cm

著　　作　《泡沫集》
著　　者　汪蔚云 著
出版时间　1934 年
尺　　寸　18cm×13cm

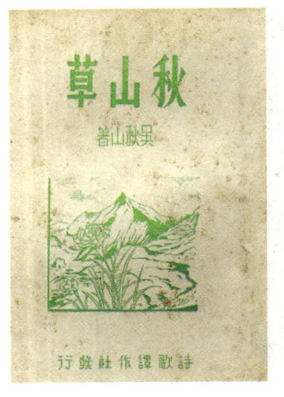

著　　作	《秋山草》
著　　者	吴秋山 著
出版时间	1934 年（初版）
	1937 年（四版）
尺　　寸	25cm×17cm

第 78 卷

著　　作	《烙印》
著　　者	臧克家 著
出版时间	1934 年（初版）
	1934 年（再版）
尺　　寸	15cm×11cm

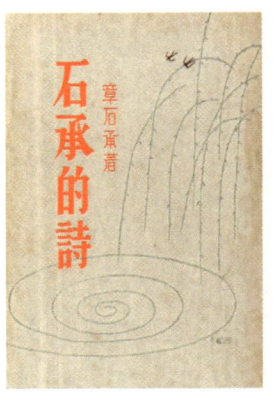

著　　作	《石承的诗》
著　　者	章石承 著
出版时间	1934 年
尺　　寸	18cm×13cm

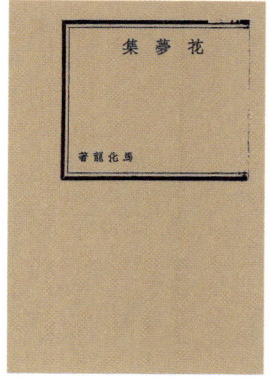

著　　作　《花梦集》
著　　者　马化龙 著
出版时间　1934 年
尺　　寸　22cm×15cm

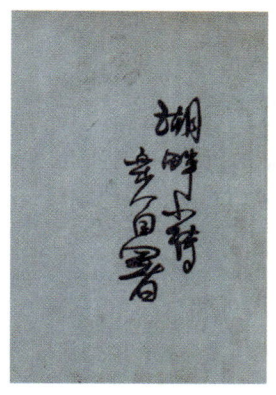

著　　作　《湖畔小诗》
著　　者　谢乐人 著
出版时间　1934 年
尺　　寸　18cm×12cm

第 79 卷

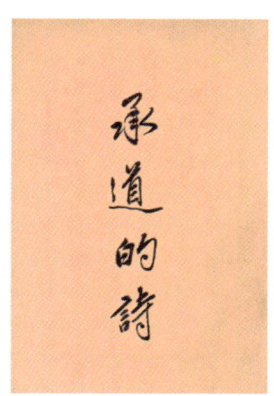

著　　作　《承道的诗》
著　　者　雷承道 著
出版时间　1934 年
尺　　寸　18cm×12cm

著　　作　《生命底微痕》
著　　者　柳　倩 著
出版时间　1934 年
尺　　寸　18cm×13cm

第 80 卷

著　　作　《世纪的脸》
著　　者　于赓虞 著
出版时间　1934 年
尺　　寸　19cm×13cm

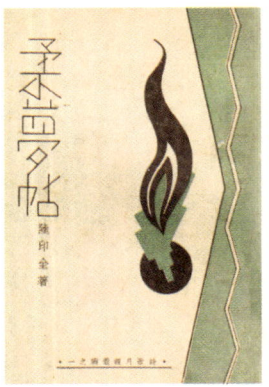

著　　作　《柔梦帖》
著　　者　陆印全 著
出版时间　1934 年
尺　　寸　19cm×13cm

著　　作　《罪恶的黑手》
著　　者　臧克家 著
出版时间　1934 年
尺　　寸　17cm×11cm

第 81 卷

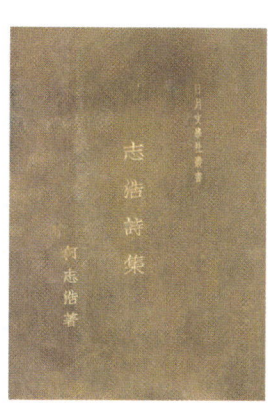

著　　作　《志浩诗集》
著　　者　何志浩 著
出版时间　1934 年
尺　　寸　19cm×13cm

第 82 卷

著　　作　《月亮的绘画》
著　　者　陈醉云 著
出版时间　1934 年
尺　　寸　18cm×13cm

著　　作　《火葬》
著　　者　阎重楼 著
出版时间　1934 年
尺　　寸　18cm×13cm

著　　作　《信号》
著　　者　张白衣 著
出版时间　1934 年
尺　　寸　19cm×13cm

第 83 卷

著　　作　《茫茫夜》
著　　者　蒲 风 著
出版时间　1934 年
尺　　寸　19cm×12cm

附 录

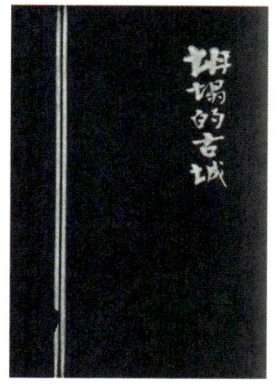

著　　作　《坍塌的古城》
著　　者　马子华 著
出版时间　1934 年
尺　　寸　17cm×11cm

著　　作　《黑人》
著　　者　李邨哲 著
出版时间　1934 年
尺　　寸　19cm×13cm

第 84 卷

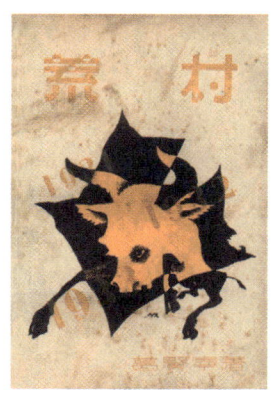

著　　作　《荒村》
著　　者　葛贤宁 著
出版时间　1934 年
尺　　寸　19cm×13cm

著　　作　《死灰》
著　　者　阎重楼 著
出版时间　1934 年
尺　　寸　18cm×13cm

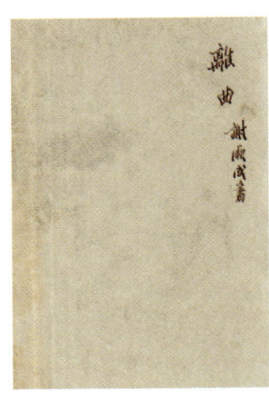

著　　作　《离曲》
著　　者　谢厥成 著
出版时间　1934 年
尺　　寸　15cm×12cm

第 85 卷

著　　作　《易士诗集》
著　　者　路易士 著
出版时间　1934 年
尺　　寸　16cm×11cm

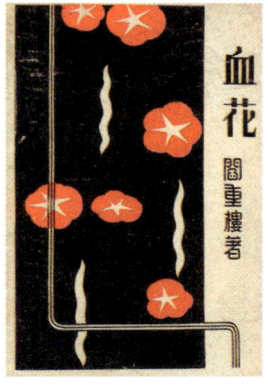

著　　作　《血花》
著　　者　阎重楼 著
出版时间　1935年
尺　　寸　18cm×12cm

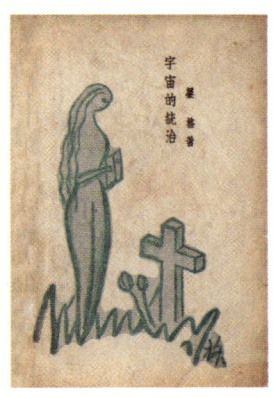

著　　作　《宇宙的统治》
著　　者　梁　格 著
出版时间　1935年
尺　　寸　19cm×13cm

著　　作　《柳絮诗歌》
著　　者　柳絮诗歌研究社 编
出版时间　1935年
尺　　寸　18cm×14cm

第 86 卷

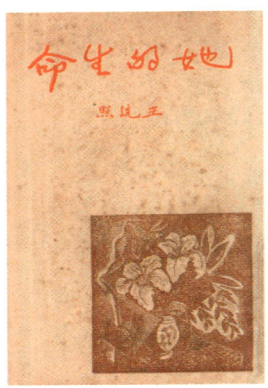

著　　作　《她的生命》
著　　者　生活书店编译所 编
出版时间　1934 年
尺　　寸　17cm×11cm

著　　作　《单恋》
著　　者　侯觉民 著
出版时间　1934 年
尺　　寸　19cm×13cm

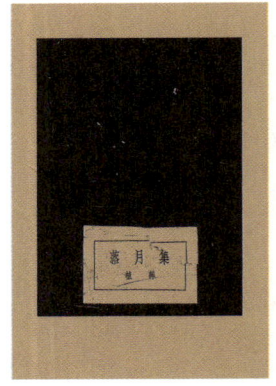

著　　作　《落月集》
著　　者　田植萍 著
出版时间　1935 年
尺　　寸　30cm×21cm

第 87 卷

著　　作　《招魂》
著　　者　长　庚 著
出版时间　1935 年
尺　　寸　19cm×13cm

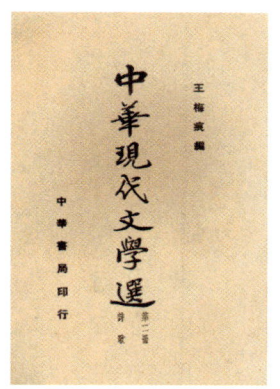

著　　作　《中华现代文学选》(第二册)
著　　者　王梅痕 编
出版时间　1935 年
尺　　寸　22cm×14cm

第 88 卷

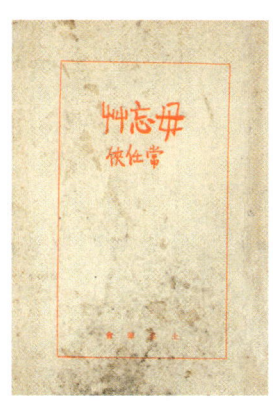

著　　作　《毋忘草》
著　　者　常任侠 著
出版时间　1935 年
尺　　寸　18cm×13cm

著　　作　《暴风雨的一夕》
著　　者　姚名达 主编
出版时间　1935 年
尺　　寸　19cm×13cm

著　　作　《逝水集》
著　　者　芍 印著
出版时间　1935 年（再版）
尺　　寸　18cm×13cm

第 89 卷

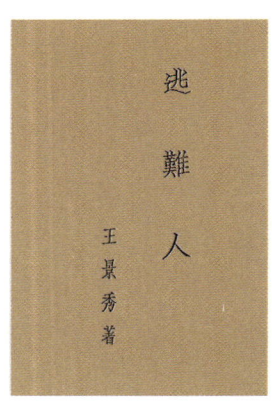

著　　作　《逃难人》
著　　者　王景秀 著
出版时间　1935 年
尺　　寸　30cm×21cm

著　　作　《菱塘岸》
著　　者　吴 汶 著
出版时间　1935 年
尺　　寸　17cm×11cm

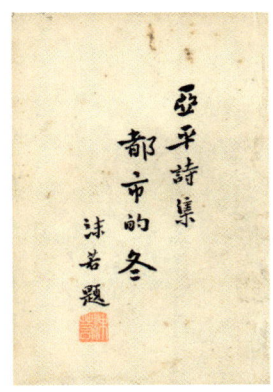

著　　作　《都市的冬》
著　　者　王亚平 著
出版时间　1935 年
尺　　寸　19cm×13cm

第 90 卷

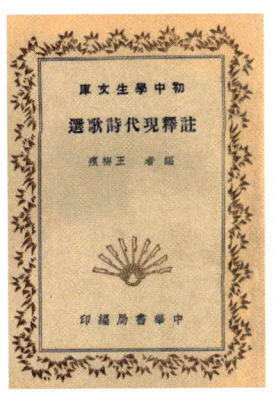

著　　作　《注释现代诗歌选》
著　　者　王梅痕 编
出版时间　1935 年
尺　　寸　18cm×13cm

著　　作　《遗赠》
著　　者　王梅痕 著
出版时间　1935 年（再版）
尺　　寸　18cm×13cm

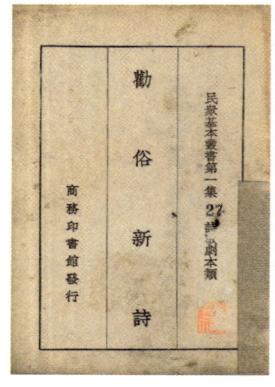

著　　作　《劝俗新诗》
著　　者　胡寄尘 编　吕金录 主编
出版时间　1935 年（初版）
　　　　　1935 年（三版）
尺　　寸　16cm×10cm

著　　作　《路工之歌》
著　　者　江岳浪 著
出版时间　1935 年
尺　　寸　19cm×13cm

第 91 卷

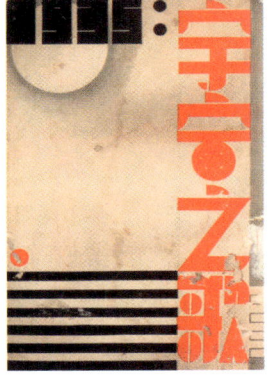

著　　作　《宇宙之歌》
著　　者　陈子鹄 著
出版时间　1935 年
尺　　寸　18cm×12cm

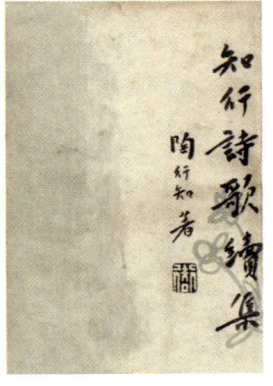

著　　作　《知行诗歌续集》
著　　者　陶行知 著
出版时间　1935 年
尺　　寸　19cm×12cm

第 92 卷

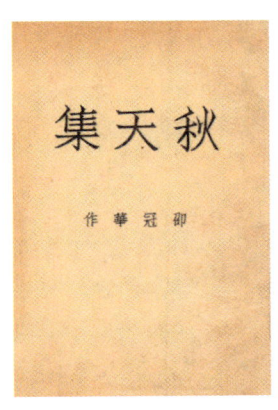

著　　作　《秋天集》
著　　者　邵冠华 著
出版时间　1935 年
尺　　寸　19cm×13cm

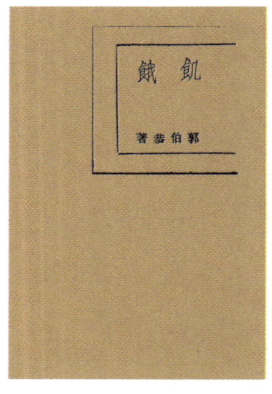

著　　作　《饥饿》
著　　者　郭伯恭 著
出版时间　1935 年
尺　　寸　30cm×21cm

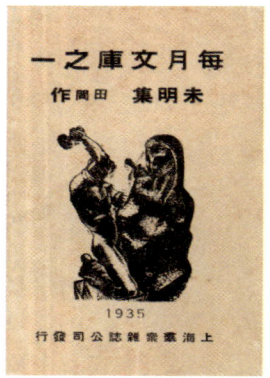

著　　作　《未明集》
著　　者　田 间 著
出版时间　1935 年
尺　　寸　16cm×10cm

第 93 卷

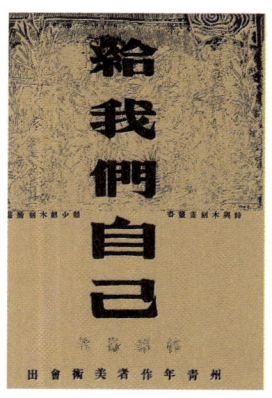

著　　作　《给我们自己》
著　　者　林绍崙 著
出版时间　1935 年
尺　　寸　23cm×15cm

附 录　157

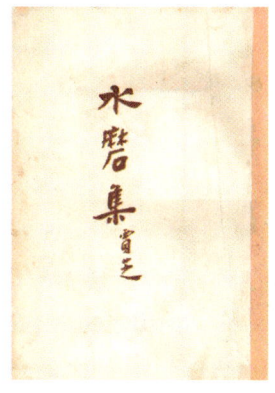

著　　作　《水磨集》
著　　者　贾 芝 著
出版时间　1935 年
尺　　寸　18cm×13cm

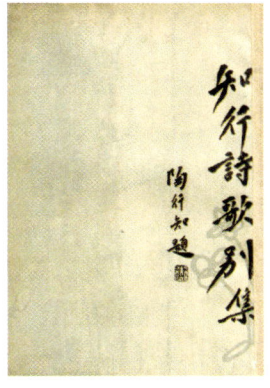

著　　作　《知行诗歌别集》
著　　者　陶行知 著
出版时间　1935 年
尺　　寸　19cm×12cm

第 94 卷

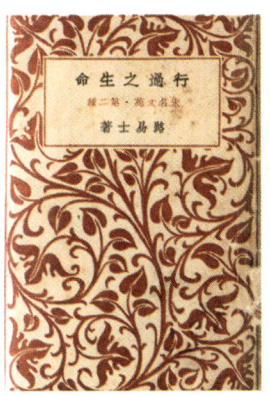

著　　作　《行过之生命》
著　　者　路易士 著
出版时间　1935 年
尺　　寸　15cm×10cm

第 95 卷

著　　作　《生之战争》(绍华诗二集)
著　　者　唐绍华 著
出版时间　1935 年
尺　　寸　22cm×11cm

著　　作　《王独清诗歌代表作》
著　　者　王独清 著
出版时间　1935 年
尺　　寸　15cm×10cm

著　　作　《海滨集》
著　　者　钟文殊 著
出版时间　1936 年
尺　　寸　19cm×13cm

第 96 卷

著　　作　《六月流火》
著　　者　蒲　风著
出版时间　1935 年
尺　　寸　18cm×11cm

著　　作　《鱼目集》
著　　者　卞之琳 著
出版时间　1935 年（初版）
　　　　　1936 年（再版）
尺　　寸　17cm×12cm

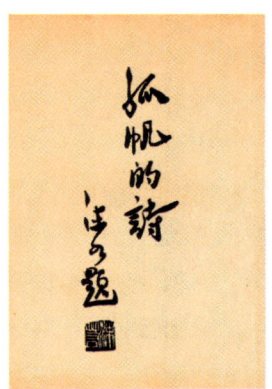

著　　作　《孤帆的诗》
著　　者　孤　帆著
出版时间　1936 年
尺　　寸　19cm×13cm

第 97 卷

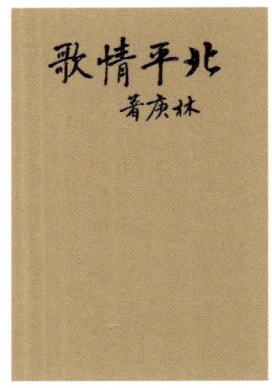

著　　作　《北平情歌》
著　　者　林　庚 著
出版时间　1936 年
尺　　寸　30cm×21cm

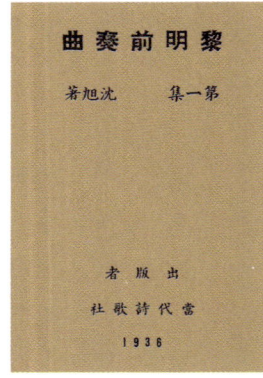

著　　作　《黎明前奏曲》（第一集）
著　　者　沈　旭 著
出版时间　1936 年
尺　　寸　19cm×11cm

著　　作　《孤吊》
著　　者　许子曙 著
出版时间　1936 年
尺　　寸　18cm×11cm

著　　作　《珠贝集》
著　　者　辛笛 辛谷著
出版时间　1936 年
尺　　寸　28cm×21cm

第 98 卷

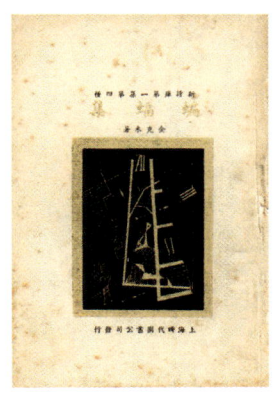

著　　作　《蝙蝠集》
著　　者　金克木 著
出版时间　1936 年
尺　　寸　18cm×13cm

著　　作　《我们的堡》
著　　者　温流著
出版时间　1936 年
尺　　寸　19cm×13cm

第 99 卷

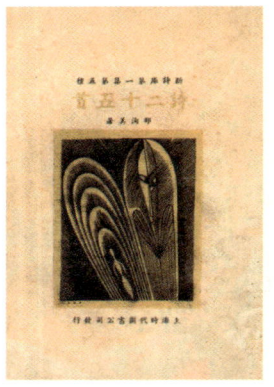

著　　作　《诗二十五首》
著　　者　邵洵美 著
出版时间　1936 年
尺　　寸　18cm×12cm

著　　作　《永言集》
著　　者　朱　湘 著
出版时间　1936 年
尺　　寸　18cm×12cm

著　　作　《龙涎》
著　　者　罗念生 著
出版时间　1936 年
尺　　寸　18cm×12cm

第 100 卷

著　　作　《海上谣》
著　　者　侯汝华 著
出版时间　1936 年
尺　　寸　18cm×12cm

著　　作　《漫步》
著　　者　陈更鱼 著
出版时间　1936 年
尺　　寸　14cm×10cm

著　　作　《我们的手》
著　　者　李鲁人 著
出版时间　1936 年
尺　　寸　20cm×14cm

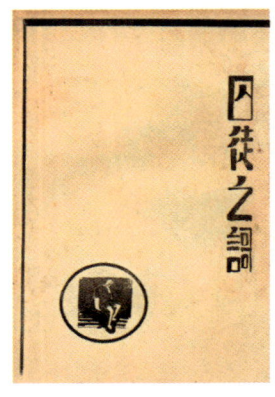

著　　作　《囚徒之歌》
著　　者　冯白鲁 著
出版时间　1936 年
尺　　寸　19cm×12cm

出版策划　耿相新
责任编辑　杨　光　袁　敏
装帧设计　浙江越生文化创意有限公司